DÖRLEMANN

LOUISE DE VILMORIN

LIEBESGESCHICHTE

Roman

Aus dem Französischen neu übersetzt
von Patricia Klobusiczky

DÖRLEMANN

Die französische Originalausgabe »Histoire d'aimer« erschien 1955 bei Gallimard in Paris.

Umschlaggestaltung: Mike Bierwolf
Umschlagfotografie: Nina Leen
Foto: Louise de Vilmorin, © Lipnitzki/Roger Viollet/Getty Images
Satz: Dörlemann Satz, Lemförde
Druck und Bindung: GGP Media GmbH, Pößneck
978-3-908777-37-3
www.doerlemann.com

Louise de Vilmorin

Meinem teuren René Clair

Während Catherine Valle-Didier als verheiratete Frau zur Verschwiegenheit neigte, führte ihre Freundin Marise Lejeand, die keinen Ehemann mehr hatte, ein recht offenes Leben. Zwischen beiden bestand nicht die geringste Ähnlichkeit, vielleicht waren sie sich deswegen so nah. Madame Valle-Didier hatte stets darauf geachtet, keinerlei Angriffsfläche zu bieten, was andere über sie dachten, war ihr nicht gleichgültig, und Verliebtheit trug sie niemals zur Schau, denn der häusliche Friede sollte gewahrt bleiben. »Alles muss seine Ordnung haben«, sagte sie gern, so dass man ihr allgemein Respekt zollte. Sie war brünett. Ihre achtzehnjährige Tochter schloss in England gerade die Schule ab, sie hieß Clotilde und war das ganze Glück und der ganze Stolz von Monsieur Valle-Didier.

Marise Lejeand hingegen war froh, keine Kinder zu haben. Am liebsten wollte sie sich pausenlos vergnügen, sie war voller Schwung und zelebrierte die Lust als kurzlebigen Zauber. Sie sagte gern: »Ich habe mir nichts vorzuwerfen«, so dass man ihr allgemein den Respekt versagte. Sie war blond. Mit ihrer lebhaften, heiteren Art gefiel sie den Männern, und die Männer verliebten sich ohne Vorbehalt in sie, denn sie verlangte von ihnen nicht die geringste Gegenleistung für die angeregten Stunden, die sie miteinander verbrachten. Monsieur Valle-Didier hatte ihr gelegentlich den Hof gemacht, und so lernten sich beide Damen kennen und schätzen.

Auch wenn Madame Valle-Didier der Ansicht war, ihr guter Ruf gestatte ihr eine Freundin mit lockerem Lebenswandel, fand Marise Lejeand ihre Vorurteile lächerlich und bemitleidete sie deswegen sogar ein wenig. Jede staunte unablässig über die andere, während sie sich zugleich als Komplizinnen fühlten, in welcher Angelegenheit, blieb allerdings unklar. Ohne sich gegenseitig allzu Persönliches anzuvertrauen, tauschten sie sich regelmäßig über ihre Pläne aus, dennoch war es reiner Zufall, dass sie sich im Juni im selben Hotel an der normannischen Küste wiederfanden. Als sie dort spazieren gingen, trafen sie eine sehr alte, sehr liebenswürdige und sehr reiche Ausländerin, die sich damit brüstete, alles und jeden zu kennen, so auch die beiden Freundinnen. Sie fragte, wie lange sie schon hier wären, was sie hier täten und wo sie wohnten. Catherine und Marise antworteten im Chor, sie seien gerade angekommen, wohnten im Hotel und wollten sich in der Normandie erholen.

»Im Hotel? So ein Unsinn. Warum im Hotel? Kommen Sie doch zu mir. Morgen fahre ich nach New York. Mein Haus steht Ihnen zur Verfügung. Im Haus von anderen ist es besonders schön, wenn diese nicht da sind. Habe ich nicht recht?«

Die beiden Freundinnen wechselten einen Blick, zögerten, nahmen das Angebot an und die sehr alte, sehr reiche und sehr liebenswürdige Ausländerin lud sie zum Tee in eine nahe gelegene Pâtisserie ein.

»Ich muss Ihnen noch sagen«, begann sie, »dass mein Enkel Peter von L. gerade seinen Genesungsurlaub bei mir verbringt. Er war Offizier, er hat sechs Jahre gekämpft und als er schließlich in seine Heimat zurückkehrte, musste er sich den verheerenden Folgen des Krieges stellen: Seine beiden Brüder waren gefallen, seine Eltern hatten alles verloren, ihr Haus war zerstört, so hat er sie in Wien ausfindig gemacht, verarmt und verzagt. Der Verlust des Familiensitzes, wo er seine Kindheit verlebt hatte, dieses ganze Elend nach langen Jahren des Kampfes, dazu weitere unselige Umstände, auf die ich noch zu sprechen komme, das alles hat ihn zu einem Pflegefall gemacht.«

»Der Arme!«, riefen Catherine und Marise.

»Offen gesagt, behagt es mir gar nicht, ihn allein zu lassen. Umso besser, wenn Sie da sind. Peter wird Ihnen übrigens nicht zur Last fallen. Er ist etwas scheu, das liegt in der Natur der Sache, darum bleibt er auch lieber für sich. Seine Mahlzeiten nimmt er allein ein, wer weiß, vielleicht bekommen Sie ihn nicht einmal zu Gesicht.«

»Der Arme!«, wiederholten die beiden Freundinnen.

»Ja, den armen Peter erwartet eine furchtbare Nachricht, die wir ihm aufgrund seines Zustands noch nicht mitteilen durften. Sie könnte ihm zum Verhängnis werden. Die Ärzte haben es ausdrücklich gesagt: Wir müssen Zeit gewinnen. Die Wahrheit ist: Das Mädchen, das Peter liebt, ist tot.«

»Er liebt eine Tote!«, rief Catherine Valle-Didier.

»Eine Tote«, ließ sich Marise Lejeand vernehmen.

»Ja«, erwiderte die alte Dame.

Sie erzählte ihnen, dass die Tote in einer entlegenen Bergregion gelebt hatte, wo Peters Regiment ein paar Tage in Ruhestellung lag. Dort war er ihr zu Kriegszeiten begegnet, als er unbefugt in einem Park umherirrte. Dieser Park, der sich mitten im Wald befand, glich einer großen Lichtung, in deren Mitte ein Schloss aufragte. Dort lebte das junge Mädchen unter der Fuchtel seines Vaters. Das Mädchen hieß Mathilda; man hätte sich kein zarteres Geschöpf vorstellen können, und keinen größeren Ehrgeiz als den, den Mathildas Vater für sie hegte. Sie hatte ihm den Spitznamen »Donnerpapa« gegeben. Das ließ nicht gerade auf einen einfachen Charakter schließen. Er wollte alles: Geblüt, Rang, Vermögen, und da er weniger auf eine Eheschließung denn auf eine Allianz bedacht war, war ihm die Liebe ein Gräuel, die Allianzen zuweilen entgegenwirkt. In seinen Augen war Peter von L. nur ein junger Mann von vornehmer Geburt. Bei weitem nicht genug für einen solchen Vater. Seine

Ansprüche diktierte ihm ein unerbittlicher Stolz, und als Peter bei ihm um Mathildas Hand angehalten hatte, geleitete er den jungen Mann lediglich zur Tür hinaus und verwies ihn mit einer Handbewegung des Hauses. Unmöglich, sich klarer und kühler auszudrücken.

Die jungen Leute liebten einander. Es gab Treffen, Versprechungen, und Mathildas Vater überraschte sie eines Abends im Wald. Seite an Seite saßen sie am Ufer eines Bachs, aus dem sie zwei Kiesel gefischt hatten, gerade hatten sie die Kiesel ausgetauscht, nicht ohne sie zuvor in den Handflächen zu wärmen und an die Lippen zu pressen. Zwei Kiesel, zwei Küsse, zwei Knospen, die zu keusch waren, um aufzugehen. Mathildas Kopf ruhte auf Peters Schulter, als sie Schritte hörten, sie fuhren auseinander, dann drehten sie sich um: Donnerpapa stand da.

»Zum Teufel mit Ihnen, und dass Sie sich hier nie wieder blicken lassen«, rief er Peter zu. »Komm, Mathilda.«

»Nein, nein, ich flehe dich an!«

Er hatte ihre Hand gepackt und sie hinter sich hergeschleift, ohne dass sie gewagt hätte, sich noch einmal umzudrehen oder Peter zuzuwinken, der ihr mit Blicken folgte, bis sie außer Sicht war, inmitten der Buchen dieses herrlichen Waldes. Am Tag darauf wechselte Peters Regiment das Quartier.

Mathilda war von einer sehr feinen und gebildeten Dame erzogen worden, einer armen Verwandten, die sich an Mutter statt ihrer angenommen hatte und die Mathilda *Tatine* nannte. Sie wusste, dass Tatine in Donnerpapa verliebt gewesen war, dass sie sogar gehofft hatte, den Witwer trösten zu dürfen, und dass sie ihm nach wie vor gram war, weil er sie verschmäht hatte.

Tatine, die den größten Teil ihrer Zeit im Schloss verbrachte, wohnte im Dorf, in einem hübschen Haus, das Mathilda oft zur Teezeit aufsuchte. Obwohl Peter abgereist war, wurde ihr dieses Vergnügen vom Vater untersagt, fortan durfte sie ohne ihn nicht mehr ausgehen. Dabei war sie ihm sehr zugetan und hatte bis dahin seine Sicht der Dinge geteilt. Es lag ihr fern, sich aufzulehnen, sie gehorchte ihm, zeigte sich umso gefügiger, da sie hoffte, ihn durch ihre Fügsamkeit zu erweichen. Dennoch konnte sie ihrer Liebe nicht entsagen, und da sie so traurig und so einsam war, vertraute sie Tatine an, was sie empfand. Ihr übergab sie die Briefe, die sie Peter schrieb, genau wie er ihr die Briefe schickte, die an Mathilda gerichtet waren. Und so wurde Tatine zu ihrem Postillon d'Amour.

Diese Korrespondenz währte bereits drei Monate, als der Krieg beendet wurde. Peter von L. kehrte in seine Heimat zurück, und dort, in diesem Land, wo alles düster und unsicher erschien, blieb ihm als einzige Gewissheit die Liebe zu einem jungen Mädchen, das ihn zur Geduld anhielt. Er wollte Mathilda entführen. Sie sträubte sich: »Nein, auf keinen

Fall, es darf keinen Skandal geben, es darf zwischen meinem Vater und mir keinen Bruch geben. Er wird doch einmal ein Einsehen haben«, schrieb sie ihm. Das Verlangen, Mathilda wiederzusehen, ihre Unerreichbarkeit und die daraus folgende ständige Entsagung schwächten seine Zuversicht: Er glaubte nicht mehr an die Zukunft, erlitt Anfälle von Verzweiflung und verfiel in Melancholie. Die Ärzte verschrieben ihm absolute Ruhe. Er verließ Wien; seine Eltern begleiteten ihn und bezogen eine Familienpension in der Nähe des Sanatoriums, in das er überwiesen worden war. Aus jedem Brief, den er von Mathilda erhielt, sprach nichts als der immergleiche Liebesschwur, dennoch verfiel er von einem Zustand äußerster Wut in tiefste Niedergeschlagenheit, da sie ihn nicht an ihre Seite rief, und verfluchte das Leben. Auf diese Weise verging mehr als ein Jahr, als ihn Mathilda plötzlich um Hilfe bat.

»Das war am 25. Mai, ja, am 25., im letzten Mai«, erklärte die alte Dame, »also erst vor kurzem. Ich war bei ihm, als der Brief eintraf. Welch ein Brief und welch ein Anlass! Arme Mathilda, sie musste zu oft weinen.«

»Weinen?«

»Ja. Ihr Vater blieb unbeugsam. Er nahm ihr übel, dass sie die Anwärter auf ihre Hand verschmähte, die er ihr aufzwingen wollte, und sagte zu ihr: ›Du bist mein Unglück. Du bringst Schande über unsere Familie.‹ Ach ja, die arme Mathilda, armes Kind! Ist das nicht furchtbar?«

»Furchtbar«, sagte Madame Valle-Didier.

»Fürchterlich«, meinte Marise.

»Mathilda war der täglichen Vorhaltungen sicher müde geworden, die immer heftiger ausfielen, und so hatte sie ihre Prinzipien über Bord geworfen und sich von den Konventionen losgesagt. Am Ende ihrer Kräfte bat sie Peter, er möge sie holen kommen.«

Madame Valle-Didier und Madame Lejeand hörten der alten Dame gebannt zu.

»Und dann?«, warfen sie hin und wieder ein.

»Und dann?«, fragten sie erneut.

»Mathilda schrieb Peter, ihr Vater werde am 15. Juni einer Förstersitzung vorstehen und den ganzen Tag abwesend sein. ›Komm, ich bin dann reisefertig. Tatine nimmt meine Wäsche und meine Kleider nach und nach mit. Am 15. erwarte ich dich bei ihr zu Hause.‹ Binnen einer Sekunde war er wie ausgewechselt. Keine Apathie mehr, keine Bitterkeit, Ängste oder Zweifel. Das Leben hatte ihn wieder, voll und ganz. Peter war genesen.«

»Am 15. Juni? Aber das ist doch heute«, rief Madame Valle-Didier.

»Leider! Kaum hatte er Mathildas Brief erhalten, bekamen seine Eltern einen Brief von ihrem Vater. Dieser Unmensch! In kalten, harten Worten, deren Klang allein von Unheil kündete, teilte er ihnen den Tod seiner Tochter mit: ›Die Abneigung, die Ihr Sohn mir einflößt, verbietet, dass ich ihm schreibe.

Und so wende ich mich an Sie, um ihn wissen zu lassen, dass Mathilda gestorben ist, ja, für ihn gestorben. Meine Tochter wird er niemals wiedersehen. Gewiss, es schmerzt, wenn keinerlei Hoffnung mehr besteht, aber so ist es nun mal: Es ist vorbei, für immer vorbei. Vorbei. Dieses Schreiben erfordert keine Antwort.‹ Was ist zwischen Vater und Tochter nur vorgefallen? Hat er Peters Briefe gefunden? Und sie den Verstand verloren? Hat sie sich umgebracht? Sie war doch so zart! Wie dem auch sei, sie ist tot. Aus Angst vor den gesundheitlichen Folgen, die dieses Ereignis für ihren Sohn zweifellos haben würde, wagten meine Tochter und mein Schwiegersohn nicht, es ihm gleich zu erzählen; da ihnen bis zu seiner Abreise noch zwei Wochen blieben, dachten sie, es gebe Zeit genug, ihn auf die traurige Nachricht einzustimmen. Was sie allerdings nicht bedachten, war, dass Peter in seiner Ahnungslosigkeit Mathilda weiterhin schreiben würde.«

»Und dann?«

»Und dann antwortete ihm Tatine. Was hätte sie sonst tun können? Versetzen Sie sich einmal in ihre Lage: Zeigten Peters Briefe, die vor Liebe und Zukunftsplänen nur so strotzten, nicht klar und deutlich, dass niemand gewagt hatte, ihm die Wahrheit zu sagen? Hätte man sie ihm vorenthalten, wenn er in der Lage gewesen wäre, sie zu ertragen? Gewiss nicht, meinen Sie nicht auch? Tatine wusste, wie es um ihn stand. Man musste also Zeit gewinnen, unbedingt Zeit gewinnen, das ist die Hauptsache, bis heute. Peter hat mir den Brief gezeigt, den er von Tatine erhalten hat: ›Ich erlaube Ihnen, enttäuscht zu sein‹, schreibt sie ihm, ›aber ich verbiete Ihnen, sich zu ängstigen. Um Sie nicht zu beunruhigen, hat Mathilda Ihnen verschwiegen, dass sie an einer Augenentzündung leidet, die plötzlich schlimmer geworden ist und ansteckend zu werden droht. Der Augenarzt, den ihr Vater gerufen hat, wird erst nach erfolgter Heilung abreisen. Er hat uns ganz und gar beschwichtigt. Dieses Leiden muss jedoch auf unangenehme Weise kuriert werden: Man hat ihr die Augen verbunden, und so lebt sie in völliger Dunkelheit. In wenigen Wochen soll alles ausgestanden sein. Trotzdem, was für ein Ärger! Sorgen Sie sich nicht, lieber Peter, gedulden Sie sich noch ein wenig, darum bittet Sie Mathilda inständig. Ihr Leiden schmerzt sie bei weitem nicht so sehr wie ihre Unfähigkeit, Ihnen zu schreiben. Gott sei Dank, dass ich ihr beistehen kann, ich werde für sie die Feder führen; verlassen Sie sich nur immer auf mich‹ … Da habe ich nicht lange gezögert«, fuhr die alte Dame fort, »ich habe Peter in den Wagen verfrachtet und ihm erklärt, dass die Reise ihn auf andere Gedanken bringen, dass eine Luftveränderung zu seiner Genesung beitragen würde; nun wartet er hier den Tag ab, an dem er seine geliebte Mathilda entführen kann. Er schreibt ihr jeden Tag.«

»Wie entsetzlich!«

»Wie entsetzlich!«, rief erst Catherine, dann Marise.

Weil Peter erst vom Tod seiner Verlobten erfahren sollte, wenn er dem Schlag standhalten konnte, gaukelte Tatine ihm vor, dass eine Blinde ihr die Antworten auf die Briefe diktierte, die er einer Toten schrieb.

»Ach! Könnte er sich doch nur in ein anderes junges Mädchen verlieben! Ach! Könnte ihn doch nur eine neue Bekanntschaft diejenige vergessen lassen, die er niemals wiedersehen wird! Das ist mein sehnlichster Wunsch«, schloss die alte Dame.

Tags darauf reiste Peter von L.s Großmutter in die Vereinigten Staaten zurück; am Abend desselben Tages bezogen Madame Valle-Didier und Marise Lejeand ihr Landhaus. Das ehemalige Bauernhaus lag auf einem Hügel, es war von Obstbäumen umgeben und mit Glyzinien, wildem Wein und Rosen bewachsen.

Die Dienstboten der reichen Ausländerin empfingen die beiden Freundinnen. Man half ihnen aus dem Wagen, und während ihr Gepäck ins Haus getragen wurde, warfen sie einen Blick auf die Fassade und riefen: »Wie hübsch!« Danach lockte sie die Landschaft bis an den Terrassenrand, wo sie längere Zeit verweilten, um ins Tal zu sehen: Je nachdem, ob die Wolken die Sonne verdeckten oder enthüllten, veränderten sich die Dimensionen. Weil kühlere Luft das Aufkommen der noch fernen Dämmerung verkündete, beschlossen sie, ins Haus zu gehen, und als sie langsam dorthin zurückschlenderten, sahen sie einen stattlichen, ganz in Weiß gekleideten Mann im Rahmen der Eingangstür stehen. Seine hochgewachsene Gestalt hob sich vom dunklen Eingangsbereich ab; er war schlank und imposant und schien zu lächeln. Er kam ihnen entgegen, küsste ihnen die Hand und bot ihnen nach einigem Rufen und Lachen Limonade mit Gin an. Die beiden

Damen tranken und sprachen dabei über die Vorzüge der Normandie. Peter von L.s Augen wanderten von Madame Valle-Didier zu Marise Lejeand. Die eine bestach durch ihre tadellose Haltung und Würde, die andere durch ihre ungezwungene Art und Lebhaftigkeit, beide waren anziehend und sich dieser Tatsache sehr wohl bewusst, dennoch hatten sie das Gefühl, an Reiz noch zu gewinnen. Tatsächlich verschönerte Peter von L. mit seinem Blick die Frauen. Es war der Blick eines überragenden Mannes.

»Wann gibt es Abendessen?«, fragte ihn Catherine.

»Wann immer es Ihnen beliebt.«

»Mir würde es sofort belieben«, erklärte Madame Lejeand. »Ich sterbe vor Hunger, aber das heißt nicht, dass Sie unseretwegen gegen Ihre Gewohnheiten verstoßen müssen, Ihre Großmutter hat uns gesagt …«

»Was hat sie Ihnen wohl gesagt?«

»Dass Sie lieber allein essen.«

»Meine Großmutter gibt sich Illusionen hin, und ich bestärke sie darin, solange es sie glücklich macht«, antwortete er. »In ihren Augen wird ein kranker Mann wieder zu einem Kind, das man verwöhnen darf. Sie möchte eine Rolle spielen, zu Recht: Erst durch eine Rolle leben wir wirklich. Die Rolle weist uns einen Platz zu. Warum sollte ich ihr die Freude an meiner vermeintlichen Krankheit verderben? Heute Abend werde ich den Verlockungen der Einsamkeit widerstehen und mit Ihnen essen, wenn Sie gestatten?«

Die Damen ließen sich nicht lange bitten. Sie gingen nach oben in ihre Zimmer, zogen sich um und schlossen sich beide ein – als befürchteten sie, von der anderen ertappt zu werden –, um vor dem Spiegel einige Mienen und Posen auszuprobieren, die sie, so glaubten sie, noch verführerischer machten.

Aus Angst, dass Marises Heiterkeit Peter von L. zusagen könnte, betrat Madame Valle-Didier den Salon lachend, während Madame

Lejeand aus Sorge, dass Catherines Ernsthaftigkeit den schönen Mann betören würde, nachdenklich und distanziert erschien. Und so gab die eine jeweils die Karikatur der anderen ab.

Peter von L. bewunderte sie beide. Seine Ruhe hatte etwas Sanftes, seine getragene Art etwas Trauriges, und er wirkte wie ein Mann, der geduldige Besonnenheit ebenso kannte wie verzweifelte Resignation. Er liebte die Natur, die Jagd, die Musik und die Literatur und sprach beim Essen so kundig über Poesie, dass die beiden Damen in aller Aufrichtigkeit dachten, sie interessierten sich dafür. Er richtete das Wort abwechselnd an Catherine und Marise, erwähnte Namen, die beiden nichts sagten, und da sie um Antwort verlegen waren, hörten sie ihm einfach zu und versuchten dabei, seinen Blick zu fesseln.

Hat ein Mann, der den Frauen ohne sein Zutun gefällt, die Dreißig überschritten, weiß er um seine Wirkung und hat sich daran gewöhnt.

Das traf auch auf Peter von L. zu, ohne dass ihm jemals der Gedanke gekommen wäre, den Verführer zu spielen. Eitelkeit war ihm fremd, und sowohl sein Wesen als auch seine augenblickliche Befindlichkeit ließen ihn die Gefühle ignorieren, die er bei anderen auslöste. In einem gesellschaftlichen Umfeld aufgewachsen, dessen vollendete Manieren er meisterhaft beherrschte, konnte seine höfliche Aufmerksamkeit Frauen, die sich in anderen Kreisen zu bewegen pflegten, leicht in die Irre führen.

Der Kaffee wurde ihnen draußen unter den Bäumen serviert. Madame Valle-Didier sagte verträumt: »So viele Sterne! Wie geheimnisvoll! Gott, wie klein wir doch sind! Wer sind wir? Und wohin gehen wir?«

»Wir sind hier, und es ist sehr angenehm«, erwiderte Madame Lejeand. »Es ist warm, das Wetter ist schön, wir verbringen eine wunderbare Zeit. Mehr brauchen wir nicht zu wissen. Welchen Gefallen findest du daran, dir Fragen zu stellen, auf die es keine Antwort gibt?«

»Auf die Fragen kommt es an«, warf Peter von L. ein.

Sie drehten noch eine Runde um das Haus und trennten sich zeitig. Auf dem Weg zu ihrem Zimmer schaute Madame Valle-Didier bei Marise Lejeand vorbei, und während sie sich für die Nacht zurechtmachten, plauderten sie.

»Das Essen war gut, nicht wahr?«, sagte Madame Valle-Didier.

»Ja, sehr gut, aber wie findest du ihn?«

»Wen? Ach! Du meinst unseren Gastgeber? Ich bin noch gar nicht dazu gekommen, mir ein Urteil zu bilden.«

»Komisch«, sagte Marise Lejeand, »ich hätte das Gegenteil gewettet. Er hat dich ständig angeschaut, und mir ist aufgefallen, dass du seinem Blick nie ausgewichen bist. Das wurde sogar mir peinlich.«

»Ich bitte dich, du verwechselst da wohl etwas. Er mag ja charmant sein, aber ich habe an ihm nicht das geringste Interesse, das kannst du mir glauben.«

»Gewiss, Catherine, du hast an ihm gar kein Interesse, doch wenn mich nicht alles täuscht, hat dich der Blitz getroffen.«

»Mich? Mich soll der Blitz getroffen haben? Du bist ja von Sinnen. Du hast ihn doch pausenlos angeschaut. Du hast ihn förmlich mit Blicken verschlungen.«

»Ich? Ich soll ihn verschlungen haben? Oh, Catherine, wie kannst du es wagen? Wenn du meine Meinung hören willst, hier ist sie: *Primo*, du gefällst ihm und *secundo*, ich kam mir zwischen euch beiden überflüssig vor.«

»Überflüssig, du? Im Gegenteil, *ich* hatte zwischendurch das Gefühl, man sollte euch beide lieber allein lassen. Es war eindeutig: Die Blicke, die ihr getauscht habt, sprechen Bände. Warum leugnest du es, Marise? Du bist doch sonst so freimütig«, sagte Madame Valle-Didier und fügte hinzu: »Dieses Gespräch ist ohnehin sinnlos: Er liebt eine Tote, damit ist alles gesagt.«

»Ja, eine Tote, über die ihn eine hübsche Frau hinwegtrösten könnte. Aber es ist schon spät, gute Nacht, ich gehe ins Bett«, sagte Madame Lejeand.

Von da an hörten die Sticheleien zwischen beiden Freundinnen nicht mehr auf, sie schrieben sich gegenseitig die Hoffnungen und Gefühle zu, die sie selbst hegten und zu hegen leugneten.

Am Morgen nach diesem ersten Gespräch waren sie in ihren Zimmern, als Peter von L. unter ihren Fenstern vorbeiritt. Sie hörten seine Stimme, rannten auf die Balkone und sahen von dort aus, wie er sich im Schritt entfernte, zu traben begann und im Galopp im Grünen verschwand. Dieses Schauspiel beeindruckte sie, und Catherine erzählte Peter von L. vor dem Mittagessen, sie habe ihn am Morgen gesehen und sei neidisch geworden. »Ich reite so gern«, sagte sie ihm.

»Na, dann reiten wir gemeinsam aus! Meine Großmutter liebt auch Pferde. Wir haben drei, ist das nicht ein Glück?«, erwiderte er.

»Ja und nein, weil ich es – leider – nicht genießen kann.«

»Warum denn nicht?«

»Weil ich nichts zum Reiten dabei habe. Weder Stiefel noch Reithose noch …«

»Nun, Sie werden sich denken können, dass meine Großmutter nicht mit Herrensattel reitet, aber sie besitzt sechsunddreißig Reitkleider, manche stammen noch aus ihrer Jugend, wahre Wunderwerke. Ich lasse sie Ihnen bringen.«

Die Kleider wurden gebracht. Catherine verbarg sich hinter einem Paravent, zog sich aus, schlüpfte in ein Reitkleid, ließ sich bewundern, verschwand und tauchte in der Folge fünf oder sechs Mal wieder auf, jedes Mal schöner und jedes Mal in einem neuen Kleid.

Peter von L. applaudierte. »Jetzt sind Sie an der Reihe«, sagte er zu Marise Lejeand.

»Ich? Wozu? Ich kann doch gar nicht reiten.«

An diesem Nachmittag musste sie zu ihrem Leidwesen mit ansehen, wie Peter von L. und Madame Valle-Didier zu Pferd in die Landschaft der Normandie entschwanden, die dem Auge gewöhnlich reine Erholung bietet. Peter und Catherine hatten sie allein gelassen; sie hatten das Weite gesucht; sie waren ganz unter sich, und Marise, die den Begriff der Melancholie bisher stets mit einem Achselzucken quittiert hatte, murmelte zu ihrer eigenen Überraschung: »Vorbei die schönen Stunden …«

Als die beiden mit vom Wind geröteten Wangen zurückkehrten, mit jenem triumphierenden Ausdruck, den fast alle Reiter haben, wenn sie ausgeritten sind, bat Marise Peter von L., ihr Reitunterricht zu geben. Diesen Wunsch konnte er ihr nicht abschlagen, und so war es nun Madame Valle-Didier, die Eifersucht verspürte und angesichts dieser Reitstunden Qualen litt: Sie missgönnte ihrer Freundin die Aufmerksamkeit, die Peter ihr wohl oder übel erweisen musste. Hinter der Maske von Unschuld und Heiterkeit belauerten sie einander.

Peter von L. war aufgrund seiner Liebe zu entrückt, zu sehr beansprucht, um diese Kämpfe und Auseinandersetzungen in Herzensfragen wahrzunehmen. Er war sich dessen kein bisschen bewusst und lebte in Gedanken in einer ganz anderen Welt als die Damen, die er unterhalten sollte. Sie waren die Gäste seiner Großmutter, er bemühte sich, ihnen den Aufenthalt so angenehm wie möglich zu gestalten, doch war er fest entschlossen, ihnen nicht seine ganze Zeit zu widmen. Da allerdings beide Freundinnen so verliebt wie verstohlen nach jeder Gelegenheit Ausschau hielten, mit ihm allein zu sein, konnte er für sich nur mit knapper Not ein paar Augenblicke zum Lesen, Briefeschreiben und Meditieren herausschlagen.

Als sie einmal mittags Seite an Seite unter den Bäumen ruhten, döste Marise beim Durchblättern einer Illustrierten ein, während Catherine, von einem Tagtraum wach gehalten, sah, wie Peter von L. aus dem Haus ging. Um die Spitze seines Zeigefingers ließ er einen Ring wirbeln, an dem mehrere Schlüssel hingen und die Sonnenstrahlen reflektierten. Auf Zehenspitzen schlich Catherine zu ihm: »Wo wollen Sie hin?«, fragte sie ihn ganz leise.

»Zum Strand.«

»Zum Strand? Großartige Idee! Gerade dachte ich, wie gern ich baden würde. Kennen Sie die Geschäfte? Wissen Sie, was es dort zu kaufen gibt? Ich muss mir einen Badeanzug besorgen.«

»Kommen Sie«, erwiderte Peter.

Das Motorengeräusch weckte Marise. Sie sprang auf, rannte dem Wagen nach, rief ihnen hinterher, stampfte mit dem Fuß auf und riss sich vor lauter Wut an den Haaren.

Diese Niederlage sollte sie allerdings bald wieder wettmachen: Durch Zufall bekam sie bereits am nächsten Tag gegen Abend Gelegenheit zur Revanche. Madame Valle-Didier befand sich in ihrem Badezimmer. Unfrisiert, ungeschminkt und in einen Bademantel gehüllt, lackierte sie sich die Zehennägel rot, und obwohl die Situation für einen entspannten Plausch wie geschaffen war, fühlte sich Madame Lejeand, die ihr dabei zusah, bemüßigt, über Hunger zu klagen: »Einen Zwieback könnte ich jetzt vertragen«, sagte sie.

»Warum läutest du nicht einfach und lässt dir ein halbes Dutzend bringen?«

»Jeder ist seines Glückes Schmied, ich hole es mir selbst, das geht schneller«, erwiderte Marise und verließ das Bad.

Im Salon versiegelte Peter von L. einen Brief.

»Störe ich?«, fragte sie ihn und wedelte dabei mit einem Blatt Papier. »Das hier ist ein Rezept. Wären Sie so freundlich, mich zur Apotheke zu bringen?«

»Sie stören keineswegs. Sehen Sie doch, ich wollte gerade zur Post fahren.«

»Sie schreiben viele Briefe …«

»Briefe sind die Schutzräume, die Spaziergänge, die Gespräche der Getrennten. Manchmal bergen sie ein ideales Leben. Kommen Sie, ich muss Sie jetzt antreiben. Hoffentlich sind die Apotheken noch offen.«

Allein in ihrem Badezimmer, begriff Catherine Valle-Didier allmählich, dass man sie vergessen hatte. Zunächst wartete sie ab, dann wurde sie ungeduldig, bis sie schließlich Ungemach witterte. Mit gespreizten Zehen erhob sie sich, durchquerte auf Fersen das Badezimmer, riss die Tür auf und rief aus Leibeskräften: »Mari-ï-ï-se! Mari…ï…ï…se!«

Ein Zimmermädchen dachte, es sei ein Unglück passiert, und kam schreiend angerannt: »Es brennt doch hoffentlich nicht?«

»Von einem Brand kann keine Rede sein«, erklärte Catherine und zündete sich wie zum Beweis eine Zigarette an.

»Das kann man nie wissen. Die Damen rauchen so viel«, bemerkte das Zimmermädchen.

»Haben Sie vielleicht Madame Lejeand gesehen?«

»Aber ja, sie ist mit Herrn von L. weggefahren.«

»Sie sind ohne mich weggefahren? Ohne mir Bescheid zu geben? Und dann auch noch um diese Uhrzeit? Das ist nicht gerade die feine Art, vielen Dank.«

»Zu Ihren Diensten«, antwortete das Zimmermädchen und zog sich zurück.

Madame Valle-Didier warf ihre Zigarette auf den Kachelboden. »Zwieback! Ha! Natürlich, Zwieback! Künftig weiß ich genau, was es mit diesem Zwieback auf sich hat.« Wutschnaubend beendete sie ihre Toilette.

Fortan häuften sich derlei Streiche und Heimtückeleien. Um ohne die andere in den Genuss von Peters Gesellschaft zu kommen, zogen Catherine und Marise alle Register, von subtil bis grob, und wenn er sie im Wagen mitnahm, zankten sie sich um den Platz an seiner Seite.

Aus ihren Spritztouren wurden richtige Ausflüge. Sie fuhren bis zu den Schlössern der Loire und verbrachten sogar eine Nacht im Gasthaus. Peter von L. ging ganz und gar in seiner Rolle als Cicerone auf: »Sie sind ein Ausbund an Gelehrsamkeit«, versicherten ihm beide Damen.

»Es sind die Dinge, die uns lehren, nicht ich«, erwiderte er.

Er behandelte beide gleich. Sein Ernst steigerte den Wert, den sie jedem seiner

Blicke, jedem seiner Worte beimaßen. Bald mischte sich ein Hauch wohlerzogene Vertraulichkeit in sein formvollendetes Auftreten, so dass Madame Valle-Didier hin und wieder glaubte, er bevorzuge sie, eine Illusion, die sie an Marise verlor, die sich wiederum nur für kurze Dauer darin sonnen konnte.

Sie wohnten bereits zwei Wochen mit ihm zusammen, als sie ihn am Ende eines verregneten Tages im Salon vorfanden, er saß mit dem Rücken zum Fenster und blätterte in einem Album. »Fotografien! Von wem? Von Ihnen? Vom Krieg? Zeigen Sie mal! Zeigen Sie her!«, rief Marise.

»Wie indiskret du bist«, sagte ihr Catherine.

Peter von L. zögerte: »Indiskret? Aber nein.«

»Dann zeigen Sie her«, wiederholte Madame Lejeand. »Seltsam, man könnte meinen, Sie haben Angst.«

»Angst? Keineswegs, ich befürchte nur, mich als undankbar zu erweisen.«

»Undankbar?«

»Ja. Da Sie mit mir nur Ihre Freuden teilen, schrecke ich davor zurück, mit Ihnen meine Sorge zu teilen.«

»Ihre Sorge? Wie heißt Ihre Sorge denn?«, fragte ihn Marise.

Diese Frage brachte ihn zum Lachen, und Catherine verspürte im Herzen einen Stich. Allerdings war sie brennend an den Bildern in diesem Album interessiert und befürchtete, dass er es wieder zuklappen würde; sie verpackte ihre Neugier recht geschickt und sagte: »Es stimmt, dass die Sorge ab und an danach verlangt, ausgesprochen zu werden.«

»Mich quält eher die Ungeduld«, erklärte er. »Die Erinnerung erscheint so fern und die Arme sind wie Blei angesichts der Bilder, die sie nicht greifen können.«

»Genau das liebe ich an Fotografien«,

entgegnete Marise. »Immerhin etwas Vergangenes, das man berühren, festhalten kann! Während reine Erinnerungen, wie Sie sagen ...«

Peter von L. reichte ihnen das Album und schien sogleich ihre Anwesenheit zu vergessen. Mit halb geschlossenen Augen, den Kopf an die Sessellehne gedrückt, erlaubte er beiden Damen, sich über die Seiten zu beugen, und beschrieb mit monotoner Stimme, wie im Selbstgespräch, eine Zeit, von der er immer noch zehrte. Hin und wieder beschwor ein fremdes Wort, das seinem Bericht beigemengt war, Glockentürme und Gehölz, und mal sah man in den weiten Landschaften, die sich im Osten Europas erstrecken, Soldaten abziehen, mal ein junges Mädchen vorbeigehen. In einem Park, der in Wald mündete, durchquerte man gleichsam den Herbst, der so düster stimmt, um schließlich in der Dämmerung die Morgenröte zu erblicken und von Küssen zu kosten, die einem das Herz aus dem Leibe reißen. »Worte sind wie Stein und Blut, Kiesel und Gerinnsel, die uns über die Lippen treten und mit denen wir das festhalten wollen, was uns am Herzen liegt. Ein Mann beschreibt sein Haus, und dieses Haus ragt künftig im Gedächtnis von anderen auf, und Tausende von Herzen schlagen jahrhundertelang einer Liebe wegen, die er so anschaulich zu schildern wusste. Man muss über alles sprechen, was man liebt, denn Schweigen nährt das Vergessen.«

Madame Valle-Didier und Madame Lejeand verstanden nicht, was gemeint war, trotzdem waren sie sehr beeindruckt von dem, was Peter von L. erzählte.

»Wie schön dieses Mädchen ist. Wer ist sie?«, fragten sie ihn und gaben ihm das Album zurück.

»Sie heißt Mathilda. Ich werde bald zu ihr fahren, und vielleicht werden wir hier heiraten.«

An diesem Abend beklagten beide Freundinnen Peter von L.s unglückliche Liebe.

»Und wenn man bedenkt, wie bald er vom Tod dieses armen Mädchens erfahren wird! Es ist so traurig, so furchtbar, so schaurig. Es ist zum Verrücktwerden«, sagte Madame Valle-Didier.

»Verrückt vor Kummer und verrückt wegen dieser Demütigung. Armer Peter! Seit Wochen spielt man ihm Theater vor, man lässt zu, dass er eine Tote liebt, einer Toten schreibt! Er sieht förmlich, wie ihre Lippen sich bewegen, doch die Briefe, die er von ihr verfasst glaubt, bringen ihm die Küsse einer Frau, die bereits im Grab liegt. Sag, findest du das menschlich?«

»Nein, das ist unmenschlich und auch gefährlich, weil man sich vor Einsamkeit in etwas hineinsteigert; am Ende liebt man zu sehr …«

»Das stimmt, doch zum Glück sind Trennungen der Treue oft abträglich. Zunächst leidest du, du verzehrst dich vor Sehnsucht, du verzweifelst, bis du – zack! – eines schönen Tages jemandem begegnest, der dich auf andere Gedanken bringt.«

»Das mag bei dir der Fall sein«, erwiderte Madame Valle-Didier, als wollte sie sagen: »Stell uns nicht auf eine Stufe.«

»Oh! Ich bitte dich, tu jetzt nicht so unschuldig. Du hast mich sehr wohl verstanden. Der Reiz des Neuen ist unwiderstehlich, meine Liebe, das weißt du ebenso gut wie ich. Eine neue Liebe! und schon wird man in eine andere Welt versetzt. Keine Vergangenheit mehr, keine Erinnerungen, höchstens ein leiser Anflug von Reue. Man nimmt Abschied vom Gestrigen. Lebt nur noch für das Morgige. Kennst du etwas Schlimmeres, als von einem ungeduldigen Mann erwartet zu werden, der dich noch liebt, während du ihn nicht mehr liebst, weil du einen anderen liebst? Von da an ist dieser Mann eine Bürde, er wird lästig und erregt so viel Mitleid, dass du ihn irgendwann hasst. Ein Ärgernis! Du willst ihn loswerden, um jeden Preis, weil du aber nicht ganz so hartherzig bist, wünschst du inständig, dass er sich in eine andere verliebt. Eigentlich wünschst du dem anderen erst dann aus vollem Herzen Glück, wenn du selbst nichts mehr zu diesem Glück beitragen kannst. Für die Männer gilt es umgekehrt genauso, in Bezug auf Frauen. Peter von L. mag sehr romantisch sein …«

»Oder romanhaft …«, warf Catherine ein.

»Romantisch, romanhaft, nenn es, wie du willst, das ändert nichts daran, dass Peter ein Mann ist wie alle anderen oder fast und dass du bestimmt die vornehmste, eleganteste Frau bist, die er seit Jahren getroffen hat.«

»Und du die heiterste, unbeschwerteste. Das spielt auch eine Rolle, weißt du.«

»Komm schon, Catherine, warum sollte er für deinen Charme nicht empfänglich sein?«

»Und warum sollte ihn deine fröhliche Art nicht bezaubern?«

»Er neigt zur Ernsthaftigkeit.«

»Aber nein, er lacht lieber.«

»Catherine, du bist für mich ein offenes Buch. Du tust alles, um ihm zu gefallen. Du betest ihn an, du bist verrückt nach ihm.«

»Ich? Mein Gott, wie kannst du dich nur so täuschen? Sieh dich erst mal an, Marise. Du bringst ihn zum Lachen, und das weißt du genau.«

»Ich weiß vor allem, dass du ihn liebst …«

»Nein, ich liebe ihn nicht, du bist doch …«

»Sieh mal an, wie du lügen kannst!«, unterbrach sie Madame Lejeand.

»Wenn ich lüge, bist du die Lüge selbst«, erwiderte die schöne Madame Valle-Didier mit einem Lächeln.

Und so traktierten die beiden Lügnerinnen einander, ohne dass es einer von ihnen gelang, der anderen die Maske abzureißen.

An diesem Abend dauerte ihre Unterhaltung bis spät in die Nacht. Beide beharrten auf ihrem Standpunkt, und als sie sich schließlich trennten, verständigten sie sich wieder einmal darauf, dass Peter von L. ein Mann war, dass sie ihm nur das Beste wünschten und dass allein eine neue Liebe die Macht hätte, ihn von seiner jetzigen Liebe zu lösen.

»Übrigens ist seine Großmutter der gleichen Ansicht. Damit er frei, gerettet, gewappnet ist«, führte Catherine aus, »muss die Gegenwart ihn von der Vergangenheit wegführen.«

»Und damit würde seine gegenwärtige Liebe in Gleichgültigkeit umschlagen. Ach! Was für eine Geschichte! Dabei ist es so einfach zu lieben!«, rief Marise.

»Dann könnte ihm die Wahrheit, die man ihm bisher verheimlicht, auch nichts mehr anhaben, nach wenigen Tagen würde er sogar fast erleichtert vom Ableben seiner Toten erfahren.«

»Vom Ableben seiner Toten ...«, wiederholte Madame Lejeand und setzte damit der Abendunterhaltung ein Ende.

Peter von L. lud sie mehrmals zum Abendessen am Meer ein, in kleine Restaurants, in denen so früh in der Saison zwei Musiker nur für vereinzelte Gäste aufspielten. Tanzen konnte er wie kein Zweiter, denn er folgte dem Takt der Musik ohne eine überflüssige Bewegung. Marise erbleichte, Schmerz trat in ihre Augen, sobald er eine flüsternde, hingegossene Catherine auf die Tanzfläche führte, während Catherine vor Verzweiflung außer sich geriet, wenn Marise an die Reihe kam und mit ihm einen dieser innigen Momente verlebte, dessen Anblick kein eifersüchtiges Herz ertragen kann.

Kaum mehr als vierzehn Tage waren verstrichen, seit dieser unnahbare Fremde und die beiden Frauen, die ihn unbedingt erobern wollten, unter einem Dach weilten, als Madame Valle-Didier an Abreise denken musste. Für sie war es Zeit, nach Südfrankreich zu fahren. Dort besaß sie in der Nähe von Cannes ein schönes Haus, wo ihr Mann und ihre Tochter sie im Juli treffen wollten. Sie wusste, dass Madame Lejeand ihren Aufenthalt an der normannischen Küste ungehindert fortsetzen konnte, und das missfiel ihr. Sie wollte Marise nicht mit Peter allein lassen, sie war außerstande, sich von ihm zu trennen, sie wagte es nicht, ihn ohne Marise einzuladen, und so sah sie sich gezwungen, beide einzuladen.

Peter von L. dankte ihr: »Ich war noch nie im Süden. Wann erwarten Sie mich?«, fragte er.

»Wann? Ich erwarte Sie nicht, ich hoffe doch sehr, dass wir gemeinsam fahren.«

»Oh!«, sagte Marise, »ob das so ratsam ist? Peter und ich würden dich wohl eher stören, wenn du das Haus beziehst, außerdem tut es dir gut, wenn wir dich ein paar Tage lang zu Atem kommen lassen.«

»Zu Atem kommen? Wieso das? Dazu habe ich nicht die geringste Lust.«

»Och, das war eher taktvoll gemeint ... Verstehst du? ...«

»Ich verstehe vor allem, dass du nichts dabei findest, hier zu faulenzen, während ich allein nach Cannes fahre, um für euch alles vorzubereiten. Nun, darauf lege ich wirklich keinen Wert.«

»Catherine hat recht«, rief Peter von L. »Wir fahren alle drei, mit dem Wagen meiner Großmutter. Einverstanden, Catherine? Einverstanden, Marise?«

»Bis Cannes ist es weit, wissen Sie«, sagte Marise.

»Umso besser«, erwiderte er, und so kamen sie drei Tage später im Süden an.

Um ihre Gäste nicht in einem Haus zu verköstigen, das nach Kampfer und toten Fliegen roch, hatte Madame Valle-Didier für den

Abend vorsorglich einen Tisch in einem Restaurant an der Küste reserviert. Gedeckt war im Freien unter Schutzdächern aus Stroh, es wurde leise Musik gespielt, und der leichte Wind, der vom Land her wehte, fügte der herben Meeresluft den Duft von Eukalyptus und Blüten bei. Die Magie des Augenblicks war stärker als alles, was sich bisher ereignet hatte. Sie tanzten, amüsierten sich, tranken etwas zu viel, und als sie schließlich heimkehrten, waren die Damen so müde, dass sie auf ihre Zimmer gingen, ohne ein weiteres Wort zu wechseln. Catherine schlief schon fast. Sie legte sich ins Bett und schaltete sogleich die Nachttischlampe aus, als Marise, die ihre Toilette noch nicht beendet hatte, im Flur einen vertrauten Schritt hörte. Rasch band sie ihren Bademantel zu, öffnete die Tür und rannte zur Treppe. Peter von L. stieg gerade die letzten Stufen hinauf.

»Ach, Sie sind's? Sie haben mir einen tüchtigen Schrecken eingejagt«, flüsterte sie.

»Ich dachte, ich hätte einen Einbrecher gehört. Es ist schon so spät. Was haben Sie unten gemacht?«

»Ich habe im Garten eine Runde gedreht. Nachgedacht. Die Morgenröte erwartet. Vielleicht einen anderen Himmel.«

»Einen anderen Himmel? Wie das? Sie wissen doch, dass der Himmel sich nicht bewegt.«

»Ab und an frage ich mich, ob die Trauer, die in manchen Gedanken liegt, der Person schadet, der diese Gedanken gelten?«

»Sie schadet ihr und sie schadet Ihnen. Trauer nutzt niemandem, sie macht die Dinge nicht besser. Sie ist ein Gift, eine Mikrobe, die man lieber bekämpfen sollte, sie ist wie eine Seuche, wie ein Zerrspiegel, den man unbedingt zerbrechen muss. Kennen Sie etwa Fälle von nützlicher Trauer? Ich nicht. Wir sind doch hier, um glücklich zu sein. Das sollten wir genießen. Sehen Sie, in unserem Dasein gibt es die ernsten Angelegenheiten, und es gibt diese Momente. Diese Momente sind kleine Geschenke, die das Leben uns heimlich zusteckt und die wir annehmen können, ohne einem anderen weh zu tun. Heimlich treten wir über die Grenze, vergessen alles, begeben uns auf eine seltsame Reise; wir sind an- und zugleich abwesend, wir gehören uns nicht mehr oder besser, wir liefern uns einem anderen aus. Oh! Treue ist etwas sehr Schönes, aber bloß weil sie unerprobt bleibt, dürfen Sie sich nicht einer Todsünde zeihen, sobald Sie nur eine Rose bewundern.«

»Der Treue sind Rosen gleichgültig«, erwiderte Peter von L.

»Dann verstehe ich, dass man untreu wird! Wir haben traumhaftes Wetter, wir sind in einer wunderschönen Gegend, wir wohnen bei einer bezaubernden Freundin, wir …«

»Sie sind bezaubernd, wenn Sie so zu mir sprechen. Sie sind gütig, Sie sind hübsch und unvernünftig noch dazu. Was könnte man sich mehr wünschen? Marise, ich bete Sie an! Das stimmt, Sie glauben mir doch, nicht wahr? Warum sehen Sie mich so zweifelnd an?«

In Peters Augen lag ein Ausdruck, den Marise bei ihm noch nie gesehen hatte: etwas Schmachtendes, Zärtliches, sinnlich Träges. Peter hatte zu viel getrunken, sie verstand es falsch und hielt dieses Zeichen von Trunkenheit für ein Zeichen von Leidenschaft.

»Ich bin nicht mehr müde, der Schlaf ist mir vergangen. Wir sollten nicht hier an der Treppe bleiben«, sagte sie.

»Ihnen ist der Schlaf vergangen, und ich finde keinen.«

»Wollen wir in den Garten gehen?«

Sie gingen nach unten, und als sie den Salon durchquerten, blieb Marise vor einem Tablett voller Karaffen stehen.

»Eine gute Idee! Ich komme um vor Durst«, erklärte Peter.

Er füllte zwei Gläser, reichte Marise ein Glas, leerte das seine in einem Zug, schenkte sich erneut ein und folgte ihr dann in den Garten, wo sie sich auf Liegestühlen niederließen, die sie nebeneinanderschob.

»Weder Nacht noch Tag, so muss das Licht im Limbus beschaffen sein«, sagte er.

»Was?«, sagte Madame Lejeand, und als spräche er so leise, dass sie ihn gar nicht hören konnte, hielt sie das Ohr an seine Lippen. Ihre Wangen, Schultern und Arme streiften sich. Sie sagten nichts mehr, schlossen die Augen und küssten sich sacht.

Am nächsten Vormittag trat Madame Lejeand, noch ganz berauscht vom Sieg, den sie errungen hatte, bei Madame Valle-Didier ein und fragte sie, ob sie gut geschlafen habe.

»Fabelhaft, und du, meine Liebe?«, antwortete Catherine.

»Ich? Ich habe kein Auge zugetan.«

»Oh! Das tut mir leid. Schlaflosigkeit ist die reinste Folter!«

»Schlaflosigkeit? Folter? Ganz und gar nicht. Stell dir vor …«, begann sie, und so musste sich Madame Valle-Didier erst neugierig, dann mit Bestürzung anhören, wie Marise diese Stunden mit Peter von L. verbracht hatte. Dennoch wahrte sie die Fassung und sagte betont heiter: »Es musste ja so kommen. Ich wusste es. Was hatte ich dir gesagt? Hatte ich es dir nicht vorhergesagt? Er liebt dich? Na, umso besser für ihn und umso besser für dich. Dir wird er seine Heilung zu verdanken haben. Ja tatsächlich, er wird dir sein Leben verdanken. Meine Liebe, ich freue mich, ich freue mich sehr für euch beide.«

»Wirklich?«

»Aber sicher! Wie kannst du nur daran zweifeln?«

Da kam das Zimmermädchen mit frischer Wäsche herein. Die beiden Freundinnen sahen sich an, formten mit den Lippen ein unmerkliches »Psst!«, und Marise verließ das Zimmer. Danach widmete sich jede ihrer Toilette, jede auf ihre Art in Gedanken versunken, und eine Stunde später trafen sie sich, bereit für einen Spaziergang, im Salon wieder, wo Peter von L. mit gesenktem Kopf hin und her lief.

»Oh! Peter, wie sehen Sie denn aus? Was ist mit Ihnen los?«, rief Madame Valle-Didier.

»Zu viel Whisky, zu viel von allem …«

Marise hängte sich gleich bei ihm ein, dann stellte sie sich auf die Zehenspitzen und flüsterte ihm ein paar Worte ins Ohr. Rief sie ihm etwas in Erinnerung? Wollte sie ihm Trost spenden, oder wollte sie Catherine vorführen, was sie sich ihrer Meinung nach bei Peter herausnehmen durfte? Unmöglich zu sagen, doch allem Anschein nach gefiel ihre plumpe, besitzergreifende Art Peter von L. nicht. Er wich ihrem Blick aus, riss sich von ihr los, strich sich über die Stirn und sagte: »Was für ein Wetter!«

Ein Ausdruck von Gleichgültigkeit, eine

völlige Ratlosigkeit gehen mit großer Erschöpfung wie mit großer Traurigkeit einher. Madame Valle-Didier, die von großer Traurigkeit erfüllt war, hätte nicht ratloser, nicht erschöpfter aussehen können: »Ja, was für ein Wetter«, sagte sie. »Was sollen wir tun? Sollen wir hierbleiben? Sollen wir bummeln gehen? Wollen wir zusammen ausgehen?« Peter willigte ein, und kaum waren sie draußen, hängte sich Madame Lejeand erneut bei ihm ein. Er wagte nicht, sie zurückzuweisen. Catherine tat, als habe sie nichts bemerkt, und so gingen sie in die Stadt. Nachdem sie ein paar Besorgungen erledigt und Zeitungen gekauft hatten, setzten sie sich auf eine Café-Terrasse mit Meerblick. Marise sah flüchtig auf eine Zeitung, las das Datum und fuhr zusammen: »Immer dieses Theater mit der Familie! Fast hätte ich den Geburtstag meiner Schwester vergessen. Ich muss ihr unbedingt ein Telegramm schicken«, sagte sie und stand auf; als Peter ebenfalls aufstand, streckte sie die Arme vor, drückte ihm beide Hände auf die Brust und sagte zu ihm: »Nein, nein, bleiben Sie bitte, lassen Sie Catherine hier nicht allein warten.«

»Allein warten? Das macht mir nichts aus. Auf mich brauchen Sie keine Rücksicht zu nehmen, Peter, gehen Sie mit Marise.«

»Aber nein, bleiben Sie«, wiederholte Madame Lejeand.

Catherine verstummte, Peter rührte sich nicht, trotzdem hielt Marise die Hände an seine Brust gedrückt, als hätte er darauf bestanden, sie zu begleiten, und wiederholte noch einmal: »Aber nein, bleiben Sie, bleiben Sie bitte.« Er blieb, sie ging, machte wieder kehrt und fügte hinzu: »Dass ihr beiden mir ja nichts Böses nachsagt.«

Als Marise schließlich weg war, sahen sich Madame Valle-Didier und Peter von L. an.

»Schlaflose Nächte bekommen Ihnen nicht«, bemerkte sie.

»Ach«, antwortete er, »offenbar hat Ihnen Marise einiges anvertraut.«

»Freundinnen, Frauen erzählen einander alles.«

»Auch wenn es nichts zu erzählen gibt?«

»Nichts?«

»Ja, nichts. Lassen Sie uns von etwas anderem sprechen.«

»Aber wovon?«

»Zum Beispiel von unserem Wiedersehen.«

»Unser Wiedersehen?«

»Ja, Catherine, ich habe beschlossen, noch heute abzureisen.«

»Was? So bald schon? Ach, ich verstehe, Sie fahren alle beide … Wie sehr ich mich eben noch getäuscht habe, als ich sagte, dass Freundinnen einander alles erzählen. Marise hat mir nichts davon gesagt, dass Sie … Flitterwochen planen.«

»Flitterwochen? Keineswegs. Nein, ich fahre allein. Eine Versuchung, der man erliegt, ist wie ein Warnsignal. Ich kehre in die Normandie zurück.«

»Peter, Sie fliehen vor der Liebe, haben Sie Angst zu lieben?«

»Nein.«

»Aber Sie lieben doch Marise? Sie lieben sie, und wie dem auch sei, nach Ihrer schlaflosen Nacht ...«

»Diese schlaflose Nacht war eine heillose Nacht.«

»Oh...«

»Catherine, ich bin kein Abenteurer, der das Vergnügen sucht.«

»Man flieht nur vor dem, was man fürchtet. Wenn Sie Marise lieben, verstehe ich, warum Sie fahren wollen, aber wenn es nun nicht der Fall ist?«

»Manche Schwächen dulden kein Morgen. Kein Morgen und erst recht keine Verpflichtungen. Eine Frau, die sich bereitwillig zum Gegenstand, zum Spielball macht, um einen Mann zu verführen, sollte, wie die Nacht, bei Morgenanbruch verschwinden. Ich bin Marise sehr zugetan, ich möchte sie weder enttäuschen noch verletzen, doch ihr Verhalten von heute Morgen lässt mich befürchten, dass sie sich Illusionen hingibt.«

Wohl wissend, wie offen und gelassen Madame Lejeand über Liebe, Lust und Trennungen dachte, antwortete Madame Valle-Didier: »Den anderen gehen zu lassen ist furchtbar für alle Frauen, die sich gehen lassen, doch im Fall von Marise brauchen Sie nicht die geringsten Skrupel zu haben. Seien Sie aufrichtig, erklären Sie es ihr, sie wird es verstehen.«

»Dennoch wären wir beide befangen. Meine Anwesenheit würde nur noch Beklemmung auslösen, ich weiß es, darum habe ich beschlossen abzureisen.«

Madame Valle-Didier drückte ihr Taschentuch an die Lippen: »Es ist zu schade, mich trifft keine Schuld, aber Sie finden nichts dabei, mich für Ihr Verhalten büßen zu lassen oder besser gesagt, für Marises Fehlverhalten.«

»Inwiefern büßen?«

»Durch Ihre Abreise natürlich.«

»Catherine, Ihr Bedauern rührt mich. Auch ich bin traurig. Ich möchte Sie gar nicht verlassen, glauben Sie mir.«

»Ach, das nehme ich ihr übel, sie hat alles verdorben, alles zerstört …«

»Catherine, Sie täuschen sich: Ich reise nicht ihretwegen ab, sondern meinetwegen. Lassen Sie uns nicht mehr darüber sprechen, ich möchte Ihnen danken.«

»Mir danken? Bloß nicht, ich entbinde Sie dieser Verpflichtung.« Erneut drückte sie ihr Taschentuch an die Lippen und murmelte: »Ich verstehe gar nichts mehr. Alles erscheint mir gleich richtig, falsch und abscheulich … Ich weiß nicht mehr, was ich denke, und auch nicht mehr, was ich will.«

Diesen Punkt hatten sie erreicht, als Madame Lejeand ihnen von weitem lustig zuwinkte und mit den Armen wedelte. Die Antwort der beiden anderen fiel so lustlos aus, dass sie auf Anhieb das Gefühl hatte, während ihrer Abwesenheit sei etwas Schlimmes passiert, etwas Schlimmes, das sie betraf. Sie setzte sich hin, sah erst zu Catherine, dann zu Peter und brach schließlich das Schweigen: »Oh! Die Pfefferminzsorbets habt ihr ja gar nicht angerührt. Sie sind schon fast geschmolzen.«

»Weißt du, die Möwen und das Hin und Her der Passanten haben auf mich die gleiche Wirkung wie die Sterne und das Feuer im Kamin. Ich betrachte sie, betrachte sie unablässig, und dann vergesse ich, wo ich bin«, antwortete Madame Valle-Didier.

»Außerdem haben wir auf Sie gewartet«, fügte Peter von L. hinzu.

»Wirklich?«

»Aber ja, Marise.«

Sie nahmen die kleinen Löffel und brachten, langsam, ins Leere lächelnd, die Sorbets endgültig zum Schmelzen.

Madame Lejeand war die Kehle wie zugeschnürt, sie wusste nicht, wohin mit ihrer guten Laune, sie spürte, dass ihre Heiterkeit nicht angebracht war, und hätte am liebsten geweint.

»Lasst uns ein Taxi nehmen«, beschloss Madame Valle-Didier plötzlich. »Wie spät ist es? Ein Uhr? Dann sollten wir nach Hause fahren.«

Ohne ein Wort zu verlieren, fuhren sie über sengend heiße Wege. Sobald sie angekommen waren, ging Peter auf sein Zimmer, und die beiden Damen blieben unter sich.

»Worüber habt ihr gesprochen? Was hat er dir gesagt? Tut es ihm leid? Bedauert er es? Macht er sich Vorwürfe?«, fragte Marise Madame Valle-Didier.

»Woher soll ich denn wissen, was er denkt? Ich weiß nur, dass er wegfährt.«

»Er?«

»Ja. Während wir hier sitzen, packt er seine Koffer. So ist es nun mal, mein armer Schatz.«

»Er hat dir gesagt, dass er abreist, und du hast ihn nicht zurückgehalten?«

»Aber nein, ganz im Gegenteil, ich habe ihn angefleht zu bleiben.«

»Du hast ihn angefleht? Tatsächlich, und er fährt trotzdem weg? Warum?«

»Erforsche dein Gewissen«, erwiderte Madame Valle-Didier, »und sag mir, ob du wirklich allen Grund hast, stolz auf dich zu sein?«

Madame Lejeand war ihr durchaus gewachsen: »Mein Gewissen? Und was sagt dein Gewissen? Ach, jetzt wird mir alles klar«, rief sie auf einmal, »du bist eifersüchtig! Madame erträgt es nicht, dass ich einem Mann gefallen könnte, der ihr gefällt. Hast du ihn mit deinen Andeutungen und vielsagenden Blicken davon abgebracht? ›Trauen Sie ihr nicht, ich kenne sie, sie ist launisch! Sie liebt jeden x-Beliebigen, so wie man jede x-beliebige Luft einatmet …‹ Und zack! ist der Zweifel geweckt, und wrums! hat er Verdacht geschöpft. Gib doch zu, du hast ihm Angst gemacht und alles darangesetzt, uns zu trennen. Da ist dir ja was Feines geglückt. Und du wagst noch, mir ins Gesicht zu sehen?«

»Vorsicht, Marise. Wenn du dir keine Ohrfeige einhandeln willst, solltest du lieber den Mund halten.«

»Ich soll mir von dir den Mund verbieten lassen, während du hinter meinem Rücken hemmungslos über mich herziehst? Du weißt ja gar nicht, wen du vor dir hast, meine Kleine. Für wen hältst du mich eigentlich?«

»Ich? Ich halte dich für eine, die sich im Schlamm suhlt«, antwortete Catherine, worauf Marise ihr eine Ohrfeige gab.

Madame Valle-Didier stieß einen Schrei hervor, stampfte mit den Füßen auf, rannte Madame Lejeand hinterher, die die Flucht ergriffen hatte, holte sie ein, schüttelte sie und schlug ihr zweimal ins Gesicht: »Geh weg«, brüllte sie, »pack deine Koffer und geh!«

Madame Lejeand öffnete eine Tür und verschwand.

Catherine hatte sich bald wieder in der Gewalt. Sie puderte sich, richtete sich die Haare, und als sie sah, dass auf der Terrasse gedeckt war, ging sie in die Küche und erklärte, dass man erst in einer halben Stunde speisen würde. »Entfernen Sie ein Gedeck und bestellen Sie ein Taxi«, ordnete sie an.

Kurze Zeit später standen sich Peter von L., gefolgt vom Maître d'Hôtel, der seine Koffer trug, und Marise Lejeand, gefolgt von einem Zimmermädchen, das die ihren trug, in der Eingangshalle gegenüber, wo Madame Valle-Didier vorgab, einen Blumenstrauß auf einer Konsole zu arrangieren. Sie drehte sich um und zeigte Marise mit der großen Gebärde einer tief in ihrer Ehre Gekränkten, die eine Frevlerin hinauswirft, das blau-schwarze Taxi, das vor der offenen Haustür auf dem Kiesplatz vor sich hin brummte. Dieser Geste verlieh sie mit einem »Guten Abend!« Nachdruck, was bei Tag besonders impertinent wirkt. Madame Lejeand durchquerte die Halle mit einem Achselzucken und ging zum Wagen, in dem man bereits ihr Gepäck verstaute. Peter blieb vor Catherine stehen: »Warum fährt sie weg? Wo fährt sie hin? Was haben Sie ihr gesagt?« Zögernd antwortete Catherine: »Ich? Nichts. Oh! Das ist eine lange Geschichte. Warten Sie einen Moment, dann erzähle ich sie Ihnen.«

»Erzählen Sie schnell.«

»Nein, nein, nicht jetzt.« Da rannte Peter zur Tür, aber Madame Valle-Didier kam ihm zuvor, sie versperrte ihm den Weg und hielt ihn auf der Schwelle fest.

»Marise! Marise! Warum fahren Sie, ohne von mir Abschied zu nehmen?«, rief er.

Madame Lejeand, deren Abreise vom Getöse des Motors untermalt wurde, tauchte am Fenster auf, als das Taxi losfuhr. Peter warf sie eine abgrundtief traurige kleine Kusshand zu, dann sah sie Catherine an und drehte ihr eine lange Nase.

Daraufhin herrschte ein Moment Stille.

»Sie ist verrückt«, erklärte Madame Valle-Didier.

»Was haben Sie ihr gesagt? Was ist passiert?«

»Soll ich es Ihnen verraten? Sie hat mich geohrfeigt.«

»Im Ernst?«

»Ob ernst oder nicht, es gab nun mal diese Ohrfeige. Das geht entschieden zu weit, selbst wenn die Ohrfeige von einer Freundin stammt. Marise liebt Sie, warum auch nicht? Aber ist das ein Grund, mich zu beleidigen, mir die Schuld an Ihrem Verhalten zu geben? Habe ich Sie etwa – aus Eifersucht – von Marise ferngehalten? Haben Sie mich um Rat gebeten, ehe Sie Ihre Entscheidung trafen? Nein, nein und nochmals nein. Ich will mit dieser Geschichte nichts zu tun haben. Fahren Sie, fahren Sie auf der Stelle, nehmen Sie auf mich keine Rücksicht, ich existiere nicht, ich will gar nicht mehr existieren.«

»Aber warum hat sie Ihnen eine Ohrfeige gegeben?«

»Aus Enttäuschung, aus Wut und weil sie keine Manieren hat. Weil sie immer anderen die Schuld geben muss und sie für die Fehler büßen lässt, die sie begeht. All das ist denkbar, all das langweilt mich.«

Man teilte ihnen mit, es sei angerichtet.

»Auf Wiedersehen, Catherine.«

»Auf Wiedersehen ...«

Peter von L. ergriff Madame Valle-Didiers Hände und küsste sie beide nacheinander.

»Ich dachte, wenn Marise wegfährt, hätten Sie keinen Grund mehr, selbst abzureisen. Ich habe meine beste Freundin verloren, ich bin traurig, und Sie lassen mich allein? Das ist nicht sehr freundlich«, sagte sie. »Ich hätte nicht geglaubt, dass es Sie so wenig berührt.«

Diese Worte gingen Peter nahe, er fürchtete, undankbar und unhöflich zu erscheinen, wenn er Catherine sich selbst überließ, und so rief er: »Wenig berührt! Da kennen Sie mich aber schlecht.«

»Warum wollen Sie dann nicht mit mir zu Mittag essen?«

Der Maître d'Hôtel hielt sich bereit, um Peter zu seinem Wagen zu begleiten. Madame Valle-Didier drehte sich zu ihm und fragte ihn nach dem Gepäck des Herrn von L.

»Das Gepäck ist im Wagen.«

»Tragen Sie es in sein Zimmer zurück«, sagte sie. Dann wandte sie sich an Peter: »Bis morgen werden Sie mir doch noch Gesellschaft leisten? Wie Marise sagen würde: ›Ich muss erst einmal zu Atem kommen.‹«

Peter von L. blieb nichts anderes übrig, als sich zu fügen.

An diesem Nachmittag unternahmen sie eine Spazierfahrt im Hinterland, weit weg von der Küste. Catherine, die nicht länger dem mal eifersüchtig lauernden, mal spöttisch amüsierten Blick von Marise ausgesetzt war, wirkte sanft und friedlich, wie stilles Wasser, fiel Peter auf. Vor keiner Rivalin mehr auf der Hut. Ruhig, entspannt, ganz und gar dem Glück hingegeben, mit einem Mann allein zu sein, den sie liebte und zu erobern suchte, träumte sie mit offenen Augen, und während er über Architektur sprach, schloss sie die Augen, presste die Hände ans Herz und malte sich eine Zukunft mit ihm als Gebieter aus. Sie fuhren über die Dörfer, besichtigten Kirchen, kauften Früchte und Lavendel. Der Wind wehte angenehm träge, und Peter, der am Steuer saß, betrachtete die Landschaft mit der wachen Aufmerksamkeit eines Menschen, der alle Eindrücke sorgsam sammelt, um sie später mit einem geliebten Wesen zu teilen. »Es ist ja ganz anders als bei uns«, sagte er hin und wieder, und nach einigen Bemerkungen über die Vielfalt irdischer Landschaften hielt er vor dem Gittertor eines kleinen Friedhofs. »Dieser Zauber, diese Stille«, sagte er. »Ich schäme mich, weil es mir eine solche Freude bereitet.«

»Sie schämen sich? Aber warum?«

»Weil in meinem Fall die Freude einer Treulosigkeit gleichkommt. Eine Landstraße, eine Farbe, Sie, Catherine, und schon bin ich hingerissen. Kann man denn zugleich treu sein und sich zerstreuen? Nein. Jede Zerstreuung ist eine Treulosigkeit. Man gibt sich der Zerstreuung hin, darum wiegt es so schwer. Das Vertrauen, das ein anderer Mensch in uns setzt, ist unser einziger Wegweiser. Unser Schutz.«

Madame Valle-Didier war keine Frau, die sich aufs Philosophieren verstand. Solche Anwandlungen nannte sie moralische Haarspalterei, und wenn Peter mit sich ins Gericht ging, weil er zur Untreue fähig war, schürte es bloß ihre Hoffnung. Weiter dachte sie nicht.

»Ach Peter, das erleben wir doch ständig, dass wir uns selbst nicht wiedererkennen, warum sollten wir uns also mit den Sorgen belasten, die unser unbekanntes Ich plagen? Ab und an möchte dieser Unbekannte einfach nach Lust und Laune handeln. Er hat einen eigenen Willen, und wenn man ihn unterdrückt, wird der Drang umso stärker. Seien Sie nicht so traurig, ich brauche ebenfalls Trost.«

Peter schien sie nicht zu hören. »Kommen Sie«, forderte er sie auf, »steigen wir aus und gehen ein wenig spazieren.«

Er stieß das Friedhofsgitter auf, und dann gelangten sie in eine Zypressenallee, aus der Seufzer drangen. Selten hielten sie sich bei einem Datum, einem Epitaph, einem Namen auf einem Grabstein auf. Madame Valle-Didier schützte Müdigkeit vor und stöhnte: »Ich bin völlig erschöpft. Ich kann nicht mehr. Es muss am Sauerstoff liegen.«

Peter hielt sie sogleich dazu an, sich auf das Grab der Familie Dugentil zu setzen, das im Schatten eines Heckenrosenstrauchs geborgen lag.

»Auf ein Grab? Niemals!«

»Warum? Es ist doch eine Ruhestätte.«

»Ja, aber was für eine Ruhe!«, erwiderte sie, bevor sie sich, immer noch ängstlich, schließlich überzeugen ließ. Er setzte sich neben sie. Vögel schwirrten auf, wirbelten im Kreis umher und sanken wieder in das Nest der Stille. Madame Valle-Didier pflückte eine Blume, rupfte die Blütenblätter ab und sagte: »Von Herzen, mit Schmerzen, über alle Maßen … gar nicht!«, rief sie plötzlich lauter, ohne das letzte Blatt anzurühren, das noch am Blütenboden der Heckenrose hing.

»An wen denken Sie?«, fragte Peter.

»An Sie«, antwortete Catherine.

»An mich? Wie könnte diese Blume Ihnen meine Gefühle offenbaren? Sie ist unschuldig, aber Sie zwingen sie zur Lüge? Catherine, ich …« Er hielt inne. Madame Valle-Didier sah ihn an. Er blinzelte, als versuche er, in ihr etwas zu erkennen, das in weiter Ferne lag; er atmete schwer, seine Züge verkrampften sich, die Nasenflügel bebten und zitterten, er öffnete die Lippen, und Catherine, die anhand jedes Zeichens erkannte, dass ein Kuss unmittelbar bevorstand, wurde von Schwindel erfasst, sie lehnte sich an ihn und schloss bereits die Augen, als – »Hatschi!« – Peter von L. nieste. Mit einem Ruck fuhr sie hoch.

»Gesundheit!«, sagte sie, und da sie nicht wusste, wie sie sich verhalten sollte, flüsterte sie die ersten Zeilen eines Gedichts, das sie am Morgen gelesen hatte.

Peter holte sein Taschentuch hervor, nieste noch einmal, bat um Entschuldigung und schnäuzte sich; dann fragte er sie nach dem Gedicht.

»Was sagten Sie eben, Catherine? Wegen dieses verteufelten Niesens habe ich es nicht verstanden.«

»Ich sagte: ›Wird ein Grab das Bett unserer Liebe sein?‹«

»Ach, dieses Bild gefällt mir nicht. Gehen wir.«

Auf dem Rückweg hielten sie bei Töpfereien an, und am Abend kleidete sich Catherine wie eine byzantinische Madonna, um mit ihm ganz allein im Garten zu dinieren.

Sie war schön. Er bestätigte es ihr: »Sie sind schön, Catherine, allerdings hoffe ich, dass Ihr Herz beständiger ist als Ihre äußere Erscheinung. In diesen drei Wochen habe ich erlebt, wie Sie von Mal zu Mal schöner, doch jedes Mal eine andere wurden. Glauben Sie mir, das ist schon fast beängstigend.« Und als hätte der gemeinsam verbrachte Tag Catherine für ihn zu einer Art Cousine gemacht, nahm er sie in die Arme und gab ihr auf beide Wangen einen Kuss. Sicher hatte sie das Bedürfnis, Zärtlichkeit zu geben und zu empfangen, sicher hegte sie die Hoffnung, dass diesem Ausdruck der Bewunderung ein innigerer Ausdruck folgen würde, denn anstatt sich damit zufriedenzugeben, schmiegte sie sich an Peter, der sie aus Höflichkeit nicht wegzustoßen wagte. Er war äußerst verlegen, sie war äußerst verliebt, und sie wären weiß Gott wie lange in dieser Pose verblieben, wenn es nicht geklingelt hätte. Madame Valle-Didier rannte ins Haus und ging ins Dienstbotenzimmer: »Ich bin für niemanden zu sprechen. Sagen Sie, ich sei ausgegangen«, erklärte sie.

»Aber Madame, es ist doch Monsieur, Monsieur mit Mademoiselle Clotilde. Ich habe sie vom Fenster aus gesehen.«

»Die beiden? Warum, wieso? Ich werde verrückt, meine Familie wird verrückt. Sie bringt mich um den Verstand!«

»Dann kann es ja nur heiterer werden«, sagte der Maître d'Hôtel und ging zur Tür.

Monsieur Valle-Didier war soeben aus England zurückgekehrt, wo sich seine geschäftlichen Angelegenheiten schneller hatten regeln lassen als erwartet. Die gewonnene Zeit hatte er genutzt, um seine Tochter von der

Klosterschule abzuholen und mit ihr nach London zu fahren. Nachdem sie zwei Tage in Restaurants, Theatern und Museen verbracht hatten, sagte Clotilde zu ihrem Vater: »Während wir uns hier amüsieren, bezieht Mama ganz allein das Haus in Südfrankreich. Fahren wir hin, um ihr zu helfen, das wird eine schöne Überraschung.«

Madame Valle-Didier wusste ihren Ärger zu verbergen. Lachend empfing sie die beiden, bezichtigte sie scherzhaft der Heimlichtuerei und führte sie nach dieser herzlichen Begrüßung auf die Terrasse, um ihnen Peter von L. vorzustellen.

Monsieur Valle-Didier verfügte über Selbstbeherrschung. Als vernünftiger Mann ließ er nicht zu, dass seine Gefühle, gleich welcher Art, die Gelassenheit störten, die er nach außen zeigte. Er war ein jovialer, großzügiger Ehemann und schien darüber entzückt, seine Frau in Gesellschaft eines Unbekannten vorzufinden, der ihm auf Anhieb gefiel. Während Clotilde sich auf der Stelle in den jungen Mann verliebte, dessen Schönheit so augenfällig war. Man legte zwei weitere Gedecke auf, und das Abendessen, von dem Madame Valle-Didier sich so viel erhofft hatte, wandelte sich zum Familientreffen.

Monsieur Valle-Didier stellte seiner Frau allerlei Fragen zu ihrem Aufenthalt in der Normandie und wunderte sich über das Fehlen von Marise Lejeand: »Du hattest mir doch geschrieben, dass sie mit dir reist«, sagte er.

»Wir sind gestern angekommen, und dann ist sie heute Morgen einfach davongeflogen.«

Catherines Zerstreutheit musste ihrem Mann auffallen. Ihm wurde klar, dass seine Fragen sie nicht interessierten, dass sie weder Lust hatte, ihm zuzuhören noch mit ihm zu reden, dass ihre ganze Aufmerksamkeit dem Gespräch galt, das Peter und Clotilde leise führten. Auch wenn sie wusste, dass sie anziehender und schöner war als ihre Tochter, beneidete Madame Valle-Didier sie den ganzen Abend lang und sollte sie noch mehr beneiden, als sie am nächsten Morgen gegen elf erfuhr, dass Clotilde und Peter gemeinsam das Haus verlassen hatten.

»Ja, sie sind zum Baden ans Meer gefahren«, sagte Monsieur Valle-Didier.

Darauf entgegnete sie, dass auch sie gern baden gehen würde, und er fuhr sie zum Strand.

»Wie voll es hier ist«, sagte Catherine, als sie ankamen. »In diesem Ameisenhaufen werden wir sie nie finden.«

»Du kannst ja trotzdem schwimmen.«

»Allein im Meer, unter lauter Fremden? O nein, ich käme mir verloren vor. Wir sollten besser nach ihnen suchen.« Und während sie über den Strand lief und dabei abwechselnd die Badenden und die unzähligen Menschen ins Visier nahm, die im Schatten der Sonnenschirme lagen, folgte ihr ganz entspannt ihr Mann und lächelte abwechselnd die hübschen Frauen und den Meereshorizont an.

»Wie konnte ich das nur vergessen!«, rief er plötzlich. »Clotilde hat mir gesagt: ›Wir fahren nach La Garoupe.‹«

»Sie hätte mir Bescheid geben können.«

»Sie hat mich darum gebeten, und dann habe ich die Zeitungen gelesen und wusste nichts mehr, so verblödet man richtig.«

»Das hast du gesagt.«

Sie fuhren nach La Garoupe, wo die jungen Leute mit ein paar Freunden Ball spielten. Als Clotilde ihre Eltern sah, unterbrach sie das Spiel und rannte ihnen entgegen.

»Ihr seid ja lieb, ihr beiden!«, sagte sie.

»Wollen wir ins Wasser?«, fragte ihre Mutter.

»Aber ja. Zieh dich schnell um. Wir spielen noch die Partie zu Ende, und dann gehören wir dir.«

»Hast du eine Kabine gemietet?«

»Ja, Mama. Sieh nach links und zähl eins, zwei, drei. Siehst du? Eins, zwei, drei und die vierte, die grüne, ist meine. Siehst du sie?«

»Natürlich sehe ich sie, ich bin ja nicht verblödet, ich jedenfalls nicht.«

»Dann lass ich dich allein hingehen.«

Madame Valle-Didier zog sich aus, öffnete ihre Strandtasche, holte Sonnenölfläschchen hervor, japanische Pantoffeln, bunte Badetücher und stellte dann fest, dass sie in ihrem Eifer, dem Tête-à-Tête von Peter und ihrer Tochter ein Ende zu setzen, ihren Badeanzug vergessen hatte. Niedergeschlagen zog sie sich wieder an und ging zu ihrem Mann zurück, der die Schlussphase des Ballspiels gespannt verfolgte. Seit zehn Jahren litt er an Rheuma, seit zehn Jahren durfte er nicht mehr im Meer baden, doch die Enttäuschung seiner Frau konnte er nachfühlen.

»Gott sei Dank schützt mich die Krankheit vor solchen Rückschlägen, aber du tust mir trotzdem leid«, sagte er. »Komm, setz dich zu mir, und dann schauen wir uns als nettes altes Ehepaar an, was die Jugend so treibt.«

»Alt? Du vielleicht«, erwiderte sie.

Madame Valle-Didier, noch keine vierzig, sah jünger aus, als sie war. Ihr kurzes, gewelltes Haar, ihr leichtfüßiger Gang und ihre luftigen Kleider verliehen ihr, besonders im Sommer, noch eine mädchenhafte Aura. Man hätte sie auf höchstens dreißig geschätzt. Wenn man jung ist, ist man offen für die Liebe. Man hat keine Angst, sich lächerlich zu machen. An diesem Morgen bekam sie zum ersten Mal das Alter zu spüren. Wie sie da im Sand hockte, an der Seite eines Gatten im Anzug aus Shantungseide und mit Panamahut, sah sie sich in die Lage einer Mutter versetzt, die neben der eigenen Tochter alt wirkte. Sie war überflügelt worden, und während ihr Mann vor Freude lachte, wenn er Clotilde rennen und den Wellen entgegenhüpfen sah, kochte sie jedes Mal innerlich vor Wut, wenn Peter Clotilde einholte und sie mit unhörbaren Worten ins Meer zog.

Monsieur Valle-Didier musste aus geschäftlichen Gründen nach Mailand fahren und sprach bereits einen Tag nach seiner Ankunft von Abreise. Catherine riet ihrer Tochter, den Vater zu begleiten.

»Lass ihn nicht allein«, sagte sie. »Du warst noch nie in Italien, und nichts würde ihm mehr Freude bereiten, als mit dir nach Florenz zu fahren, nach Siena, Urbino, Venedig …«

Es war morgens. Madame Valle-Didier frühstückte im Bett, und Clotilde saß bei ihr.

»Italien? Das Land der Gewissheiten? Nein, das muss nicht sein«, antwortete sie schmollend.

»Was soll das heißen, Gewissheiten? Das Schöne ist nie vorhersehbar, man könnte auch sagen, an einem Kunstwerk gibt es immer etwas Neues, Unmittelbares zu entdecken, egal, ob es modern oder antik ist«, erklärte Madame Valle-Didier und zitierte dabei Peter von L.

»Mag sein, aber ich bin zu müde. Ich bin doch gerade erst angekommen, da habe ich keine Kraft, mich auf die Suche nach dem Unvorhersehbaren in sämtlichen Meisterwerken zu begeben. Ich möchte sowieso am liebsten hierbleiben.«

»Du bist so egoistisch! So kaltherzig, mein Schatz! Da gibt man dir Gelegenheit, deinem Vater eine Freude zu machen, und du sagst einfach: *Nein.* Da bietet man dir an, ein Land zu erkunden, von dem Tausende, Millionen Menschen träumen, und du sagst: *Nein. Nein!* Immer nur dieses Wort. Aber das kann ich nicht länger dulden. Ich habe entschieden, dass du mit deinem Vater fährst, also fährst du mit ihm. Du wirst herrliche Dinge zu sehen bekommen, du wirst dich prächtig amüsieren, und du wirst mir noch dankbar sein. Kinder können nicht selbst über ihre Bildung und Erziehung befinden, Clotilde. Ich weiß genau, was ich tue, und schließlich bin ich deine Mutter.«

»Du bist nicht schließlich meine Mutter, du bist vor allem meine Mutter. Das ändert allerdings nichts daran, dass ich nicht nach Italien fahre.«

Madame Valle-Didier wurde wütend:

»Ich dulde keinen Widerspruch. Du wirst genau das tun, was ich dir sage. Hast du mich gehört?«

»Ja, aber ich höre auch auf mein Herz, und leider muss ich dir widersprechen, verzeih mir: Ich habe vor dir nie ein Geheimnis gehabt, und so soll es bleiben.«

»Ein Geheimnis?«

»Ja, ich habe ein Geheimnis.«

»Dann erzähle es mir, ich bin ganz Ohr.«

»Na gut, ich habe mich in jemanden verliebt.«

»Du?«

»Ja, ich.«

»Ist dieser Jemand in England?«

»Nein, dieser Jemand ist hier.«

»Sag schon, mein Schatz, wer?«

»Peter von L.«, murmelte Clotilde.

»Nein!«

»Doch!«

»Das ist nicht möglich, einfach absurd. Überleg doch mal. Du kennst ihn nicht einmal.«

»Es ist aber so, ich liebe ihn und …«

»Und natürlich willst du ihn heiraten?«

»Ich will nicht, dass man mich von ihm trennt.«

Madame Valle-Didier trank einen Schluck Tee und fragte, den Blick auf das Tablett gesenkt:

»Und er? Liebt er dich?«

»Das weiß ich noch nicht, aber vielleicht ist er …«

»Nein, Clotilde, nein, mein Liebling, er liebt dich nicht und kann dich nicht lieben. Du bist meine Tochter, du bist kein Kind mehr, und ich vertraue dir. So grausam es ist, muss ich dir doch die Wahrheit sagen, sonst wirfst du mir eines Tages noch vor, dass ich dich blind ins Unglück habe rennen lassen. Hör zu, mein Schatz, Peter von L. ist gebunden, es ist noch stärker als ein Eheband, er ist mit einer jungen Frau verlobt, die tot ist, tot, seit mehr als einem Monat liegt sie im Grab.«

»Er liebt eine Tote! Aber weiß er das nicht?«

»Nein, denn er war sehr krank, er ist bis heute nicht ganz genesen, und diese Nachricht würde ihn umbringen«, antwortete Madame Valle-Didier. Dann berichtete sie ihrer Tochter alles, was Peter von L.s Großmutter ihr erzählt hatte.

»Das ist ja furchtbar! Man sollte ihn auf keinen Fall in dieser Illusion bestärken. Sag ihm die Wahrheit, dann wird ihn nichts mehr davon abhalten, mich zu lieben. Ich werde ihn trösten, und er wird dieses Häufchen Asche in den Wind pusten. Und was mich angeht: Selbst auf die Gefahr hin, ebenfalls zu einem Häufchen Asche zu werden, gehe ich von hier nicht weg, ich bleibe bei ihm.«

Monsieur Valle-Didier reiste nach Italien ab, seine Tochter blieb in Cannes, und im Haus von Madame Valle-Didier änderte sich alles.

Das Haus war geräumig. Clotildes Vater wollte, dass die jungen Leute dort ihre Ferien unbeschwert verlebten, Clotilde folgte dem Rat ihres Vaters und lud alle ihre Freunde ein, die den Sommer in der gleichen Gegend verbrachten. Von einem Tag auf den anderen gab es nur noch Musik, Trubel, Cocktails, ein stetes Hin und Her zwischen Strand und Villa. Madame Valle-Didier musste sich wohl oder übel mit dieser Situation abfinden, und obwohl sie von nichts anderem träumte als von trauter Zweisamkeit, hatte sie schon vom nächsten Morgen an mit einer ebenso großen Anzahl unvorhergesehener wie vorhergesehener Gäste zu rechnen, als sie ihre Anweisungen erteilte. Clotilde und ihre Freunde ließen neben ihrem Egoismus keine andere Autorität gelten.

Diese Einstellung brachte Peter von L. aus der Fassung: »Diese jungen Leute fühlen weder den Wald noch den Wind. Ihnen fehlt deine Poesie, ihnen fehlt dein Geist …«, schrieb er Mathilda. Doch anstatt sich von ihnen fernzuhalten, versuchte er, sie zu verstehen, übernahm ihren Lebensstil und nahm an ihren Vergnügungen teil. Vor allem Clotilde erheiterte ihn, durch ihre Lebhaftigkeit, ihre Art, sich wie eine erwachsene Frau zu geben und sich zugleich die Frechheiten eines verwöhnten Kindes herauszunehmen. Er nannte sie »Irrwisch«. Sie blickte ihm unverwandt in die Augen, zog ihn immer wieder beiseite und hinterlegte in seinem Zimmer Blumensträußchen, die ihre unablässig lauernde Mutter wieder verschwinden ließ, bevor er sie sah. So sehr Clotildes Verhalten Madame Valle-Didier berechtigten Anlass zur Sorge gab, so sehr hätte sie im Gegensatz dazu Peters Verhalten beruhigen müssen. All seine Aufmerksamkeit galt Catherine; offenbar zog er sie den jungen Mädchen vor, und das löste bei Clotilde eine Eifersucht aus, die bald in Groll gegen ihre Mutter umschlug.

»Du weißt, dass ich ihn liebe, doch du zwingst ihn, bei dir zu bleiben«, sagte sie ihr.

»Ich? Ich zwinge ihn zu gar nichts. Er tut nur das, wozu er Lust hat, glaub mir«, erwiderte Madame Valle-Didier.

Es stimmte allerdings, dass Peter von L., der niemanden geringschätzte und niemandem schmeicheln oder schaden wollte, sich genauso benahm, wie er es für richtig hielt.

Clotilde hatte eine Freundin, die sie ins Vertrauen zog: »Ich liebe Peter von L. Glaubst du, dass er mich auch liebt?«

»Er? Bist du verrückt? Er ist zweiunddreißig. Zweiunddreißig, ist dir das klar? Für ihn zählen wir doch gar nicht. Du solltest lieber einem anderen Hasen nachlaufen. Peter von L.? Dieser Hase läuft deiner Mutter hinterher. Sie führt ihn an der Nase herum.«

»Behalt deine Meinung für dich und lass mir meine«, antwortete Clotilde. Und da sie so mitteilungsbedürftig war und bemitleidet werden wollte, erzählte sie ihrer Freundin alles, was sie von ihrer Mutter gehört hatte: »Eine Braut im Grab. Was für eine Geschichte! Ein mütterlicher Einfall, um mich davon abzubringen.«

»Um dich wovon abzubringen?«

»Einen Ausländer ohne Vermögen zu lieben, denn sie will, dass ich einen reichen Franzosen heirate. Eltern, insbesondere Mütter schrecken vor nichts zurück, um eine Heirat abzuwenden, die ihnen missfällt, das weißt du ebenso gut wie ich. Was würdest du an meiner Stelle tun?«

»Ich? Ich würde zunächst versuchen, die Wahrheit herauszufinden.«

»Du hast recht. Das ist das einzig Richtige«, pflichtete ihr Clotilde bei, und sobald ihr Plan geschmiedet war, lud sie Peter ein, an einem Ausflug teilzunehmen: »Kommen Sie mit«, sagte sie, »wir werden über die Meere segeln. Morgen schiffen wir uns ein.«

»Eine Überfahrt!«, rief Madame Valle-Didier. »Was ist das wieder für ein verrückter Einfall?«

»Sei ganz unbesorgt, Mama, unsere Verrücktheit hält sich in sehr vernünftigen Grenzen: Wir wollen nach Porquerolles fahren, die Insel besichtigen und dort übernachten. Sie sind dabei, Peter, nicht wahr?«

»Gewiss. Vielen Dank, Clotilde.«

»Mama«, fuhr sie fort, »dich frage ich nicht, ob du mitkommen willst, weil wir dieses Mal keine Erwachsenen einladen.«

»Aber wenn mich nicht alles täuscht«, bemerkte Madame Valle-Didier und versuchte zu lächeln, »ist Peter doch auch erwachsen?«

»Ja«, erwiderte Clotilde, »aber du bist nun mal meine Mutter.«

Da er wusste, wie sehr diese Antwort Catherine verletzen musste, wandte sich Peter von L. an Clotilde und bat sie, ihn zu entschuldigen, er könne der just angenommenen Einladung nicht Folge leisten. Sie verstand die Zurechtweisung, lastete sie ihrer Mutter an und sann auf Rache.

»Ich habe es satt«, sagte sie ihrer Freundin. »Mama lässt keine Gelegenheit aus, mir wehzutun. Sie richtet es immer so ein, dass ich von Peter getrennt bin. Was soll der arme Kerl schon dagegen ausrichten? Er ist nun mal höflich. Ich glaube nicht, dass sie den Tod seiner Verlobten vor ihm geheim hält, weil die Wahrheit ihn umbringen würde, nein, es geht ihr darum, dass er sich mit keiner anderen verloben kann, solange er sie am Leben glaubt, also auch nicht mit mir. Ich gebe allerdings zu, dass nicht alle Mütter so raffiniert sind wie meine. Wenn du sie gehört hättest: ›Ach! Clotilde, mein Kind, mein armes Kind, du musst leider! alle Hoffnung fahrenlassen. Der Mann, den du liebst, liebt ein Mädchen, das im Grabe liegt. Ein ganz einfacher Sachverhalt, doch wenn er davon erführe, würde er sogleich tot umfallen!‹ Das ist schön, ergreifend, makaber und äußerst ausgeklügelt. Man muss schweigen. Schweigen. Zu sprechen käme einer Ermordung gleich. Wie abscheulich! Peter? Dem geht es so gut wie dir! Und was ist jetzt die Wahrheit? Wenn er wirklich mit einer Toten verlobt ist, wird er es früher oder später erfahren, und ich finde es grausam, ihm nichts davon zu sagen. Er hat das Recht, zu wissen, dass er frei ist, und dann werden wir schon sehen, was er mit seiner Freiheit anfängt. Wer weiß, ob Mama ihm nicht erzählt, dass ich mit einem Toten verlobt bin? Es ist gut, wenn ich mich wehre. Oder etwa nicht? Ich habe diese Ungewissheit satt, ich habe es satt, den Lügenmärchen meiner lieben Mutter ausgesetzt zu sein. Ich brauche Klarheit. Klarheit, bitte!«, rief sie zum Schluss ihrer Rede.

»Wie du unlängst gesagt hast: Eltern schrecken vor nichts zurück, Mütter erst recht nicht. Sprich doch mit Peter. Was hast du schon zu verlieren?«

Noch am selben Abend ging Clotilde, während Madame Valle-Didier sich umzog, auf Peter zu, der unter den Orangenbäumen auf und ab lief: »Warum kommen Sie nicht mit uns nach Porquerolles? Warum verderben Sie mir den Spaß?«, fragte sie ihn. »Das ist wirklich nicht nett von Mama. Sie will ihr Alter nicht wahrhaben. Sie ist schön, sie ist sehr schön, sie ist schöner als wir alle, ich weiß, na und? Dann soll sie uns wenigstens unsere Jugend lassen!«

»Ach, Clotilde, Sie sind ungerecht. Ich kenne keine Mutter, die weniger streng ist als die Ihre. Sie dürfen alles tun, was Ihnen in den Sinn kommt, und außerdem, wie könnte Ihre Mutter Sie daran hindern, jung zu sein?

Sie ist jünger als Sie. Ich kann mir nichts Angenehmeres vorstellen, als mit ihr den Tag zu verbringen.«

»Sie mag ja jung sein, bezaubernd, aber die Wahrheit sagt sie uns nicht.«

»Welche Wahrheit?«

»Eine Wahrheit, die ich dringend in Erfahrung bringen muss.«

»Clotilde, Sie sind ein Engel, aber ich glaube, dass Sie sich mit unnötigen Grübeleien quälen. Wovon sprechen Sie überhaupt?«

»Ganz einfach: Hat Ihnen Mama erzählt, dass ich mit einem Toten verlobt bin und es gar nicht weiß?«

Peter lachte schallend: »Sie sollen mit einem Toten verlobt sein? So ein Unsinn! Nein, Ihre Mutter hat mir nichts dergleichen erzählt. Das schwöre ich Ihnen.«

»Unsinn? Ich hingegen schwöre Ihnen, dass sie mir erzählt hat, Ihre Verlobte sei gestorben, und dass Ihnen seit Wochen eine

Gouvernante unter dem Vorwand, sie sei erblindet, auf die Briefe antwortet, die Sie dem Mädchen schreiben. Angeblich lasse Ihr Gesundheitszustand nicht …«

»Hören Sie auf! Hören Sie auf!«, schrie Peter von L. und rannte, die Hände an die Schläfen gepresst, zum Haus, während Clotilde hinter ihm herrannte und rief: »Warten Sie! Warten Sie doch!«

Er drehte sich nicht einmal um, ging auf sein Zimmer und packte seine Koffer; dann zerriss er seinen letzten Brief an Mathilda und fuhr sofort, ohne von irgendjemandem Abschied zu nehmen, zur italienischen Grenze. Dort ließ man ihn nicht einreisen, weil ihm die erforderlichen Visa fehlten. In Nizza verbrachte er ein paar Tage in einem Hotel, bis ihm die Visa ausgehändigt wurden, weil er Frankreich aber nicht mit einem Auto verlassen konnte, das ihm nicht gehörte, fuhr er den Wagen in die Normandie zurück und nahm von dort aus den Zug nach

Paris und weiter nach Österreich. Er wollte nach Wien.

Seine Eltern lasen gerade die Abendzeitungen, als er unerwartet bei ihnen auftauchte. Das Abendessen hatten sie schon eingenommen.

»Peter! Peter!«, riefen sie.

»Mathilda! Meine schöne Mathilda!«

»Was für ein Kummer! Mein armes Kind, mein liebes Kind …«

»Ihr habt es also gewusst?«

»Leider …«

»Ihr habt es die ganze Zeit gewusst, seit Wochen schon? Wer hat es euch gesagt?«

»Ihr Vater hat uns geschrieben.«

»Und Tatine?«

»Sie hatte keinen Anlass, uns zu schreiben«, antwortete seine Mutter weinend.

»Aber sicher, mir hat sie ja geschrieben, und ihr wusstet es, alle wussten es.«

Peter barg das Gesicht in den Händen. »Ach! Jetzt verstehe ich, warum ihr mich zum Reisen angehalten habt. Daheim hätte ich zu früh vom Ende meines eigentlichen Lebens erfahren, jemand hätte mir von Mathilda erzählen können, während in der Normandie niemand wusste, dass sie überhaupt existiert, von Großmutter abgesehen, die Madame Valle-Didier alles anvertraut hat. Was hat sie sich davon erhofft?«

»Es ging ihr wie uns, sie hatte Angst um dich«, erwiderte sein Vater.

»Ja, und wie ihr hoffte auch sie, dass mich in Frankreich eine schöne Frau oder ein verwöhntes kleines Mädchen von Mathilda ablenken würde … Ihr sprecht mit einem Toten, und als Toter werde ich mich zu meiner toten Liebsten betten.«

Frau von L. sank in die Arme ihres Mannes: »Ach!«, rief sie, »sollen wir denn unsere Kinder alle an den Krieg und an die Liebe verlieren?«

»Ja«, antwortete Peter. Ohne ein weiteres Wort machte er auf dem Absatz kehrt, schlug die Tür hinter sich zu und fuhr in jene Gefilde, in denen Mathilda inzwischen für immer ruhte.

Fern vom Mittelmeer, fern einer Welt, in der Wahnsinn nichts als Leichtsinn ist, erreichte er am Kajetanstag[1] ein Dorf in den Bergen und stieß das Friedhofsgitter auf. Der Friedhof erstreckte sich bis zum Waldrand. Er schritt von Grab zu Grab, suchte den Namen, suchte eine bestimmte Blume und rief hin und wieder: »Mathilda!« Mathilda war nicht dort. »Vielleicht in der Schlosskapelle«, dachte er und kehrte zum Park zurück, wo er achtzehn Monate zuvor in der Dämmerung auf die Morgenröte gestoßen war. Er rannte zur Kapelle, sie war verschlossen. »Macht auf, macht auf!«, brüllte er und hämmerte mit

1 7. August

den Fäusten gegen beide Türflügel. Nichts regte sich. Bereit, den schlimmsten Stürmen zu trotzen, lief er zum Schloss, überwand mit drei Sätzen die Vortreppe, trat in die Eingangshalle und sah sich gleich Donnerpapa gegenüber. Peter von L. blieb stehen, dann wich er einen Schritt zurück: »Mathilda! Sie Ungeheuer! Sie haben sie umgebracht. Wo ist sie? Ich will mich vor Mathilda auf die Knie werfen, ich will sterben.«

»Ja, ich bin ein Ungeheuer, doch werde ich Ihnen jetzt keinen Wunsch abschlagen. Folgen Sie mir. Werfen Sie sich auf die Knie und sterben Sie, wenn Sie es denn unbedingt wollen.«

Peter von L. folgte ihm in die Bibliothek, wo neben einem Käfig voller Vögel Mathilda auf einer Chaiselongue lag. Tatine las ihr gerade vor.

»Mathilda, sieh mal, wer da ist«, sagte ihr Vater, und als Mathilda Peter von L. sah, rief sie: »Das ist nicht wahr!«

Unbeschreiblich sind die Gefühle, die ein nicht mehr für möglich gehaltenes Glück auslöst. Von Peters Armen umfangen, wiederholte Mathilda: »Das ist nicht wahr«, das Lachen ihres Vaters klang wie ein Weinen, und Tatine war zur Salzsäule erstarrt.

Nach und nach kehrten sie auf den Boden der Tatsachen zurück.

Mathilda stand auf und umarmte ihren Vater. »Sieh mich an, ich bin glücklich. Ich bin glücklich, Donnerpapa«, sagte sie ihm ganz leise, doch er mied ihren Blick, wandte sich ab und sah stattdessen Peter von L. an: »Auch wenn ich unter den Täuschungsmanövern meiner Tochter sehr gelitten habe, kann ich Ihnen kaum den Kummer verzeihen, den Sie ihr in den letzten zwei Wochen bereitet haben, seit Ihre Briefe ausblieben«, sagte er ihm. »Sie wechselten Briefe? Tatine war Ihre Komplizin? Und meine Strenge diente Ihnen bloß als Brücke, unter der Sie sich trafen? Das ahnte ich schon, doch als Mathilda unter dieser Brücke niemanden mehr antraf, wurde sie so unglücklich, dass ich es nicht länger ertragen konnte.«

»Sie? Sie konnten Mathildas Unglück nicht ertragen? Nachdem Sie uns monatelang gequält haben? Nachdem Sie meinen Eltern geschrieben haben, um ihnen den Tod Ihrer Tochter mitzuteilen?«

»Ich?«

»Ja, Sie.«

»Nein, das habe ich nicht getan. Wie hätte ich den Tod meines lebendigen Kindes verkünden sollen, ohne Unheil auf mich zu ziehen? Mathildas Tod? Nein. Ich habe Ihren Eltern lediglich geschrieben, um Ihren beharrlichen Bemühungen ein Ende zu setzen. Ihre Ziele, Herr von L., entsprechen nicht meinen Überzeugungen. ›Mathilda ist gestorben, ja, für ihn gestorben‹, so stand es wörtlich in dem Brief, den Ihre Eltern von mir erhalten haben. Sie haben ihn nicht richtig gelesen. Da sie bereits so viel Unglück erfahren hatten, hat ihr Pessimismus sie fehlgeleitet: Statt einer Zurückweisung haben sie den Tod gesehen.«

»Aber ich habe Ihnen doch geschrieben«, warf Tatine ein. »Sie wussten, dass Mathilda lebt und unablässig an Sie denkt. Seit sie wieder genesen ist, weint sie die ganze Zeit. Drei Tage, zehn Tage, vierzehn Tage, mehr als zwei Wochen ohne Nachricht, ohne ein Wort von Ihnen!«

»Jemand hat mir erzählt, dass Sie mich belügen.«

»Genug davon«, unterbrach Donnerpapa. »Komm, mein Kind, nimm Peters Hand, und wenn dein Leben von ihm abhängt, wenn du ohne ihn nicht leben kannst, dann müssen …«, hob er an, doch dann drehte er sich um und verließ den Raum.

Die schwere Stille der Abwesenheit war über Madame Valle-Didiers Haushalt hereingebrochen. Auf der Konsole in der Eingangshalle blieben Briefe liegen, die an Peter von L. adressiert waren, denn wohin hätte man sie ihm nachsenden sollen?

Weil sie den Drang verspürte, über den Mann, den sie liebte, mit einer Frau zu sprechen, die ihn kannte und ebenfalls liebte, hatte Catherine an Marise geschrieben und sie flehentlich gebeten, zu ihr zu kommen. Ihr Wiedersehen begann unter Tränen, setzte sich mit Entschuldigungen fort und mündete in Freundschaftsbeteuerungen. Dennoch litten weiterhin alle drei Herzen. Gelächter und Musik erklangen nicht länger unter dem Dach von Madame Valle-Didier, und nichts vermochte die Damen seit Peter von L.s Abreise von ihrem Verdruss und ihrem Leid abzulenken.

Clotilde war trübsinnig, Catherine traurig, Marise wehmütig, so dass Monsieur Valle-Didier, der von Samstag bis Montag zur Erholung an die Küste kam, die Abende immer länger erschienen, in Gesellschaft dreier Frauen, die partout nicht ausgehen und sich offenbar gar nicht mehr amüsieren wollten.

Ende September sollte ihnen allerdings ein einschneidendes Ereignis neues Leben einhauchen. Eines Morgens – sie waren alle in ihren Zimmern und lagen noch im Bett – fand jede auf ihrem Frühstückstablett einen Brief vor. »Kommen Sie zu mir, meine Liebe, kommen Sie zum Abendessen, am 27. um acht Uhr. Bitte kommen Sie unbedingt, ich bestehe darauf«, schrieb Peter von L.s Großmutter an Madame Valle-Didier. »›Was für eine alte Närrin!‹ werden Sie wohl denken. Eine Närrin bin ich vielleicht, wenn es denn närrisch ist, eine Bitte mit Nachdruck zu äußern. Peter kommt am 27. zu mir, und da dürfen Sie auf keinen Fall fehlen. Ich bin so alt, dass er vor mir keine Geheimnisse haben kann, und selbst wenn er eins hätte, würde ich es erraten. Mir kann er nichts verheimlichen. Ich weiß, dass er Ihr Haus verlassen hat, ohne Abschied zu nehmen oder Ihnen auch nur zu danken. Ich weiß, dass er Ihnen noch nicht einmal geschrieben hat. Das ist unentschuldbar, doch sind Sie zu gütig, um angesichts der Umstände seiner Abreise und der darauf folgenden Irrungen und Wirrungen keine Nachsicht zu üben, Sie werden ihm aufgrund dessen vergeben. Ihre reizende Tochter hätte ihn mit der Nachricht von Mathildas Tod leicht umbringen können. Gott sei Dank hat er die Flucht ergriffen, das hat ihn gerettet. Er wird Ihnen viel zu erzählen haben, und so bewahre ich Stillschweigen. Indiskretion ist auch eine Form von Diebstahl. Peter braucht Ihre Freundschaft. Kommen Sie, lassen Sie ihn nicht im Stich, mehr darf ich nicht äußern.«

Madame Valle-Didier stand auf: »Ich erhalte gerade einen Hilferuf, Gottlob ist kein Zaudern möglich: Ich muss morgen fahren.« Ihre Zofe fragte, welche Kleider sie mitnehmen wolle. »Packen Sie mir ein blaues ein«, antwortete Catherine.

»Eine gute Entscheidung, Madame. Blau kann man überall tragen. Dann hat man seine Ruhe.«

»Ruhe, das ist das Stichwort. Ein unglücklicher Mann braucht Stille um sich, Zärtlichkeit und selbstlose Hingabe. Er braucht das Herz einer Frau. Der Arme, er braucht eine Frau wie mich.«

»Na so was, das sieht man Monsieur aber nicht an, dass er das alles nötig hat!« Madame Valle-Didier klärte das Missverständnis nicht auf. »Leider!«, sagte sie bloß. Sie erzählte weder Marise noch Clotilde vom Brief, den sie erhalten hatte, sondern erklärte ihnen, dass Monsier Valle-Didier sie gebeten habe, ihn zu einem Bankett zu begleiten, das zu seinen Ehren gegeben würde.

»Da ich nicht weiß, wo Sie sich zur Zeit aufhalten, sende ich Ihnen diese Zeilen an Madame Valle-Didiers Adresse«, hatte Peter von L.s Großmutter an Madame Lejeand geschrieben. »In drei Tagen wird mein Enkel hier sein. Vor mir hat er keine Geheimnisse, außerdem kann ich alle seine Wünsche und Gedanken erraten. Sie waren so gut zu ihm, Sie haben ihm so sehr geholfen, ich weiß das alles, und darum muss ich auf diese Einladung bestehen. Verweigern Sie ihm nicht die Freude eines Wiedersehens, kommen Sie, kommen Sie zum Abendessen, am 27. um acht Uhr. Machen Sie sich auf eine große Freude gefasst.«

Madame Lejeand war hastig aufgestanden und nach unten gegangen, um die Zugfahrpläne zu konsultieren. »Er ist nicht tot, mehr noch, er lebt«, sagte sie dem Maître d'Hôtel, der ihr verständnislos zuhörte. »Er hat sich mir gegenüber so schlecht benommen, dass er es nicht wagt, mich selbst zu kontaktieren. Ein unglücklicher Mann braucht

Zerstreuung, er muss lachen, sich vergnügen. Kein Zweifel: Um wieder Geschmack am Leben zu finden, braucht er eine Frau wie mich.«

Sie erzählte weder Catherine noch Clotilde vom Brief, den sie erhalten hatte, und suchte nach einem Vorwand, um abzureisen, als Madame Valle-Didier ihr mitteilte, sie fahre nach Paris.

»Dann will ich die Gelegenheit nutzen und meine Schwester besuchen, sie lebt in der Nähe von Lyon«, erwiderte Marise. »Sie erwartet mich schon seit dem letzten Frühjahr.«

»Ich kenne Sie nicht, aber ich weiß, wie sehr mein Enkel Ihnen zugetan ist«, schrieb Peter von L.s Großmutter an Clotilde. »In drei Tagen ist er bei mir, und ich bitte Sie, mit ihm hier zu Abend zu essen, am 27. um acht Uhr. Ich weiß, dass er Sie ›Irrwisch‹ nennt, und Sie, kleiner ›Irrwisch‹, haben ein wahres Wunder bewirkt. Wir lebten in Angst, wir wussten, dass Peter eine Nachricht drohte, die ihn vielleicht umbringen würde, doch dann ist er zum Glück Ihnen begegnet. Welch ein Glück! Sie waren mutiger als wir; Sie haben ihm verraten, was wir ihm nicht mitzuteilen wagten, und tatsächlich ist es Ihr Mut, der ihn gerettet hat. Gerettet! Vor mir hat er keine Geheimnisse, und selbst wenn er eins hätte, würde ich es erraten, denn ich bin sehr alt, müssen Sie wissen. Ihretwegen hat er sich mit gebrochenem Herzen auf den Weg gemacht, um vor einem Grab niederzuknien, und Ihretwegen wird er nun zum glücklichsten aller Männer. Danke, mein liebes Kind, danke! Ich erwarte Sie. Doch da fällt mir ein, dass ich einen Fauxpas begehe, wenn ich Sie einlade, ohne mich zuvor mit Ihrer bezaubernden Mutter abgestimmt zu haben. Richten Sie ihr mein Bedauern aus und sagen Sie ihr, sie möge die Güte haben, Sie allein fahren zu lassen, sollte sie wegen Verpflichtungen gleich welcher Art verhindert sein, Sie zu begleiten. Eine bessere Anstandsdame als mich gibt es nicht. Ich denke einzig und allein an Peters Glück. Alles andere zählt nicht.«

Clotilde sprang aus dem Bett, zog sich an und rannte zum Strand, um ihre liebste Freundin zu finden: »Komm, komm schnell. Ich muss mit dir reden. Die Großmutter von Peter von L. teilt mir mit …«

»Dass er tot ist?«

»Aber nein! Bist du verrückt? Er lebt.«

»Ach! Und ich dachte …«

Sie suchten sich eine stille Ecke. »Pass auf. Ich muss dich warnen: Was du gleich zu hören bekommst, ist nicht gerade alltäglich. Soll ich vorlesen?«

»Sicher, worauf wartest du noch«, antwortete ihre Freundin, und Clotilde las den Brief zunächst in einem Atemzug vor, im Flüsterton, um dann jeden Satz zu wiederholen und dabei jedes Wort zu betonen: »… ich weiß, wie sehr mein Enkel Ihnen zugetan ist …«

»Warum lässt er seine Großmutter für sich schreiben? …«

»Weil er nicht genau weiß, wie ich darüber denke. Er sondiert das Gelände. Ich habe ihm nie gesagt, dass ich ihn liebe. Außerdem denkt er sicher, es gehöre sich so, genauso wie er findet, dass es sich gehört, Mama einzuladen. Ach, diese Konventionen, diese dummen Konventionen, er legt noch Wert darauf.«

»Clotilde, vergiss nicht, dass Peter Ausländer ist, der Arme.«

»Stimmt, daran habe ich nicht gedacht. Und sollte ›meine bezaubernde Mutter … verhindert sein‹ … Hast du das gehört: meine ›bezaubernde Mutter‹? Bloß nicht! Wenn ich ihr diesen Brief zeige, darf ich ganz bestimmt nicht fahren.«

»Aber wenn wir schon von Konventionen sprechen, warum ist dein Vater nicht eingeladen?«

»Denk an das Sprichwort: ›Vorsicht ist besser als Nachsicht‹. Sobald Peter die Gewissheit hat, dass ich ihn liebe, wird er Papa aufsuchen und bei ihm um meine Hand anhalten.«

»Oh! Wie schnell du dich den Konventionen beugst! Eine echte *Frau von L.*, oder täusche ich mich? Du wirst rot?«

»Nein, deswegen muss ich nicht rot werden. Hör mir lieber zu: ›Ihretwegen hat er sich auf den Weg gemacht, um vor einem Grab niederzuknien, und Ihretwegen wird er nun zum glücklichsten aller Männer.‹ Ich wusste doch, dass er die Kraft finden würde, dieses Häufchen Asche in den Wind zu pusten, und dass er bei weitem nicht so krank ist, wie alle taten. Dieser Brief ist der Beweis.«

»Ehrlich gesagt, würde ich mich nur halb auf einen Brief verlassen, den die Großmutter verfasst hat. Ich kann dem Ganzen erst Glauben schenken, wenn Peter dir selbst schreibt. Sie lädt dich ein, nicht er. Wer weiß, ob die teure Dame ihn nicht einfach um jeden Preis unter die Haube bringen will? Womöglich stehst du dann einem Wrack gegenüber …«

»Das ist nicht dein Ernst.«

»Denk doch mal nach.«

»Ich tue nichts anderes. Eines ist klar, egal was du sagst: Peter hat das Drama überstanden. Er hat gelitten, sicher, umso besser, so ist das Ganze vollendet, doch jetzt hat er die Wolkendecke durchbrochen, er sieht wieder Licht.«

»Na und?«

»Was wohl? Sobald die Sonne scheint, schmiedet man Pläne. Man blickt nach vorn, will die Zukunft gestalten.«

»Das tut man auch bei schlechtem Wetter.«

»Du bist eine solche Nervensäge. Das ist doch ganz natürlich, dass Peter an die Zukunft denkt. Und was bedeutet Zukunft wohl für einen Mann, was meinst du?«

»Wie soll man das bei ihnen wissen? Erst ist es die eine, dann ist es die andere, manchmal auch beide gleichzeitig. Morgens wünschen sich die Männer ein junges Mädchen, ein Heim, Kinder, abends dann …«

»Genau, ein Heim, Kinder. Peter sehnt sich nach nichts anderem. Er will seinen Frieden. Er will unbedingt an die Zukunft glauben, und die Zukunft, gib's zu, ist ein junges Mädchen, eins wie ich. Oder etwa nicht?«

»Oh! Clotilde, hast du aber ein Glück, diesen unglücklichen Menschen zu heiraten!«

Als Clotilde nach Hause kam, saß Madame Valle-Didier am Klavier. Marise hörte ihr zu und summte dabei.

»Da bist du ja endlich«, sagte ihre Mutter, »wir haben mit dem Mittagessen auf dich gewartet.« Bei Tisch drückte Catherine ihr Bedauern aus, nach Paris fahren zu müssen, während Marise klagte, sie habe zugesagt, zwei Tage bei ihrer Schwester in der Nähe von Lyon zu verbringen. »Es muss nun mal sein«, sagte sie, »meine Schwester ist so schnell beleidigt.« Clotilde ließ nichts über ihre Reisepläne verlauten und beteiligte sich nicht am Gespräch. Sie bat lediglich ihre Mutter, ihr aus Paris einen beigen Mantel mitzubringen, den sie dringend benötige.

Am nächsten Morgen verließen die drei Damen eine nach der anderen die Villa, um einen Mann zu treffen, den sie liebten und den sie nach bestem Wissen und Gewissen zu trösten, zu amüsieren oder zu beglücken hofften.

Catherine fuhr nachdenklich weg, Marise war nach Abenteuer zumute, und Clotilde frohlockte. Die Erste fuhr mit ihrem Wagen, die Zweite nahm den Zug, und die Dritte lieh sich das Auto ihrer Freundin.

Diese drei Fahrten, die von Liebe beseelt, von Träumen und Herzklopfen erfüllt waren, sollten am 27. September um acht Uhr abends enden, als Madame Valle-Didier vor dem Haus hielt, wo, wie sie glaubte, Peter von L. sie erwartete, und unversehens auf Clotilde und Marise stieß, die aus denselben Gründen, zur selben Zeit und am selben Ort ausstiegen, die eine aus dem Auto, die andere aus einem Taxi. Dieses Zusammentreffen war so verstörend, dass die Frauen als Erstes zurückwichen. Stumm sahen sie sich an, und der Maître d'Hôtel, der ihnen Einlass gewähren wollte, blieb angesichts dieses Schauspiels auf der Schwelle stehen. Ein kleiner Telegrammbote fuhr hügelan und hielt mit bimmelnder Fahrradklingel vor der Terrasse. Dieses Geräusch riss sie nach und nach aus ihrer Starre. Der Maître d'Hôtel nahm ein blaues Telegramm von dem Jungen in blauer Dienstuniform entgegen, und nachdem er zur Seite getreten war, um die Damen einzulassen, nahm er ihnen die Mäntel ab und öffnete die Tür zum Salon.

Der Raum wurde einzig von Kerzen und vom Schein eines großen Kaminfeuers erhellt, vor dem einige Personen standen und sich unterhielten. Als die Tür aufging, trat Stille ein, die Peters Großmutter durchbrach. Sie rief: »Peter! Wo bist du? Wo ist er? Ah! Hier bist du.« Sprach's und schob ihn den drei Frauen entgegen, die gerade eingetroffen waren. Ihnen wurde die denkbar wärmste Begrüßung zuteil.

»Sie hier? Alle drei! Was für eine Überraschung! Wie schön!«, rief Peter. Er umarmte

Clotilde und die beiden Damen, dann wandte er sich an seine Großmutter und fügte hinzu: »Eine wunderbare Überraschung! Wie lieb von dir. Danke.«

»Danke nicht mir, sondern deinen Freundinnen, mein Lieber. Du hast mir so oft gesagt, wie viel du ihnen schuldest. Da dachte ich … nein, ich habe erraten, wie glücklich sie wären, diesen großen Tag mit uns zu erleben.«

»Oh…«, sagte Clotilde.

»Oh…«, sagten Catherine und Marise, noch verstanden sie nicht so recht, worum es eigentlich ging.

Sie waren verblüfft und beunruhigt zugleich.

»Und ich kann gar nicht oft genug wiederholen«, fuhr die redselige alte Dame fort, »dass Peter Ihnen, kleiner Irrwisch, ein Glück verdankt, das wirklich harmonisch, wirklich vollkommen ist.«

»Oh! Peter, kann es sein? Ist es wahr?«, fragte ihn Clotilde.

»Ja, es ist wahr«, sagte Peter leise. »Sie haben mich zum Sterben an Mathildas Grab geschickt, während meine schöne Mathilda glaubte, ich hätte sie für immer verlassen. Nie wäre uns dieses vollkommene Glück gewährt worden, wenn die Tränen, die sie Ihretwegen vergoss, nicht ihren Vater erweicht hätten. Kommen Sie, einige warten bereits ungeduldig darauf, Ihre Bekanntschaft zu machen.« Er wies auf seine Eltern, auf Tatine und auf Donnerpapa.

Da trat ein junges Mädchen aus dem Halbdunkel. Groß, schön, blass und ganz in weiß gekleidet, besaß sie eine Eleganz, die alles in den Schatten stellte. Sie hatte etwas von einer geisterhaften Erscheinung an sich, ihre Augen waren weit geöffnet, ihre Gesten verhalten, alles an ihr ließ an ferne Länder denken. Sie stellte sich vor: »Ich bin die Verlobte. Es gibt gute Gründe, um die Treue zu fürchten und zu kämpfen. Ich bin Mathilda«, sagte sie.

Clotilde beglückwünschte sie als Erste, bevor sie die Gunst der Stunde nutzte, da alle Aufmerksamkeit dem jungen Glück galt, um sich auf Zehenspitzen aus dem Salon zu stehlen, ins Auto zu steigen und unbemerkt davonzufahren.

Madame Valle-Didiers Hochmut und ihre hehren Prinzipien erlaubten es ihr, gute Miene zum bösen Spiel zu machen, und während sie mit gespielter Aufrichtigkeit Tatine und Peter von L.s Eltern gratulierte, lächelte Marise, die weder hehre Prinzipien noch Hochmut kannte, bereits Mathildas Vater an.

Dazu muss man sagen, dass dieser recht hochfahrende Mann für weiblichen Charme nicht unempfänglich war.

Verrières-le-Buisson,
am 5. Oktober 1955

ZUR AUTORIN UND ZU IHRER ÜBERSETZERIN

LOUISE LÉVÊQUE DE VILMORIN wurde am 4. April 1902 in Verrières-le-Buisson bei Paris geboren. Während ihres Literaturstudiums begegnete sie Antoine de Saint-Exupéry und verlobte sich mit ihm. Louise de Vilmorin entstammte dem französischen Hochadel, was ihr erlaubte, im Stammschloß der Vilmorin, dem Château de Verrières-le-Buisson, führende Künstler ihrer Zeit zu versammeln. Ihr langjähriger Lebensgefährte André Malraux regte sie zum Schreiben an und in der Folge entstanden nicht nur die *Histoire d'aimer*, sondern auch die Romane *Julietta, La lettre dans un taxi* und *Les belles amours* sowie mehrere Gedichtbände. Bekannt wurde sie vor allem mit ihrem Roman *Madame de …*, 1953 von Max Ophüls verfilmt. Louise de Vilmorin starb am 26. Dezember 1969 in ihrem Geburtsort.

PATRICIA KLOBUSICZKY, geboren 1968 in Berlin, studierte Literaturübersetzen an der Heinrich-Heine-Universität in Düsseldorf, arbeitete lange Jahre als Lektorin bei Rowohlt Berlin und ist seit 2006 freie Übersetzerin, Moderatorin und Lektorin.

Zum Buch

»Während Catherine Valle-Didier als verheiratete Frau zur Verschwiegenheit neigte, führte ihre gute Freundin Marise Lejeand, die keinen Ehemann mehr hatte, ein recht offenes Leben. Zwischen beiden bestand nicht die geringste Ähnlichkeit, vielleicht waren sie sich gerade deswegen so nah. … Jede staunte unablässig über die andere, während sie sich zugleich als Komplizinnen fühlten, in welcher Angelegenheit blieb allerdings unklar.«

Als Catherine und Marise den anziehenden Peter von L. kennenlernen, werden unversehens aus Freundinnen Rivalinnen. Beide sind überzeugt, den unglücklich Liebenden über seinen Kummer hinwegtrösten zu können. Schließlich gilt Peters Treue einer Frau, die auf immer unerreichbar bleiben wird. Doch dann findet auch Catherines junge Tochter Gefallen an dem viel begehrten Mann.